集英社オレンジ文庫

告白しましょう星川さん！

時本紗羽

本書は書き下ろしです。

★ Contents ★

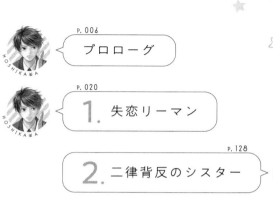

告白しましょう星川さん！

プロローグ

突然、見知らぬＪＫ（女子高生）に頭を撫《な》でられた時の心理を述べよ。

「……えっ」

目の前でセーラー服の真っ赤なスカーフが揺れている。

その子は「失礼します」と言って俺の後頭部に触れると、そのまま目を閉じた。

（なんだ……？）

なんなんだ。このシチュエーションは。

営業で外回りをしていた最中。駅のホームのベンチに座って、俺はさっきまで得意先へのメールを打っていた。〝星川《ほしかわ》さんのお陰で新商品ローンチ大成功です！〟という喜びと御礼のメールに対して、〝お役に立てて嬉しいです。引き続き頑張ります〟と。

――そしてふと気が付くと少女が目の前にいて、次の瞬間にはこの体勢になっていた。

少女は依然《いぜん》として俺の後頭部を摑み、目を閉じている。

　ハッ！　と俺は危機感を持った。ホームに立つ人々の視線が徐々に自分たちに集まってきているのを感じる。このシチュエーション……傍《はた》から見て大問題じゃないか!?　こっちはスーツを纏《まと》ったサラリーマン。片や相手は女子高生の代名詞〝セーラー服〟で武装した少女だ。こんなに顔を近付けていたら……淫行《いんこう》罪の疑いが！

「おい……ちょっと、きみ。なにっ……」

　とにかく、〝迫られているのは俺のほう！〟ということをアピールするために困惑《こんわく》の声をあげた。しかし、少女の意図もよくわからなかったので何と言ってたしなめたらいいか迷った。見ず知らずの男の後頭部を摑んでこんなに顔を近付けてくる理由ってなんだ。

（美人局《つつもたせ》か？　はたまた俺に一目惚《ひとめぼ》れっ……！）

　一目惚れはヤバイだろ。社会人になってＪＫから好意を寄せられるなんて、それってなんてギャルゲー展開。ここ数年浮いた話がなかった俺にも、ついに人生にパッと花を咲かすような春が……！

（――なんて。ないわな）

　淡い期待は早々に捨てて抵抗した。

「近い、って……！」

　頭を振って払おうとしたが、意外なことにびくともしない。〝女の子に触れるのはまずいか〟と俺が手を使わなかったせいもあるだろうが、それにしたって。

彼女は目をしっかり閉じたまま、口も閉じて黙っている。なかなか離れていかないものだから俺はついその顔を凝視《ぎょうし》してしまった。閉じられた瞼《まぶた》から伸びる長い睫毛《まつげ》。高すぎず低すぎない鼻梁《びりょう》。固く閉じられた形のいい唇。

少女は〝美少女〟と表現しても誰も文句を言わなさそうなくらい、整った顔立ちをしていた。

「近いからほんと、そろそろ離れて――」

〝引き離さないとまずい〟という気持ちと、〝もう少し間近で見ていたい〟という気持ちがないまぜになる。後者は態度に出すと社会的に大問題なのでグッと堪《こら》えて緩《ゆる》い抵抗を続けた。

しばらくすると〝パッ〟と解放される。後頭部を掴んでいた手は離れ、間近で目を閉じていた彼女は屈《かが》むのをやめてすくっと真っ直ぐ立ち、俺のことを見下ろした。

そしてこう言い放ったのだ。

「――なんだ。お兄さん、恋してないのね」

「……は？」

「どうりで見た目が枯れてるわけです」

「……枯れ……？」

気のせいだろうか。とても失礼なことを言われた気がする……。

俺はしばらくぽかんとしていた。

「恋をしていたら、もっと〝ちゃんとした自分を相手に見せたい〟って思うものでしょう？　お兄さんからはそういうやる気が感じられないもの」

あ、気のせいじゃなかったわ。この子失礼だわ。

自分の姿を確認する。一日中得意先を訪ね歩いてボロボロの靴。ヨレヨレのスーツ。確かに、異性を意識した身だしなみはできていないかもしれないけれど……仕事を頑張る男としてはこれで正解だ！

「もしかして、そのヨレヨレの姿が男の勲章《くんしょう》だと思ってます？」

頭の中を読まれた。

どうしてバレたんだろう……。気まずくなりつつ、馬鹿にするような口調には反論せざるをえない。

「……思ってたら悪い？」

「いえ、悪くはないと思いますけど……」

少女はベンチに座る俺の前に姿勢良く立って、まじまじと俺の顔を見た。見知らぬ相手からそうされることには慣れていないので居心地の悪さを感じ、すぐに耐えられなくなって尋《たず》ねる。

「……えっと…………知り合い、とかじゃないよな？」

少女と自分を交互に指さして関係性を尋ねた。尋ねつつ、知り合いではないと思った。こんな女子高生、親戚にはいなかったはずだ。それ以外に女子高生と縁があるとも思えないし……。

案の定、少女は首をふるふると横に振って否定した。

そして、心底がっかりした顔で言う。

「すごく優しい顔でメールを打ってたから、てっきり意中の相手とメールをしているんだと思って……。〝素敵な恋をしているに違いない！〟と思ったら体が勝手に動いていました。急に不躾《ぶしつけ》に触れてごめんなさい」

ぺこっ、と深々と頭を下げられる。謝られた。意外と良識はあるのか……？　と一瞬だけ思ってしまったが、誤魔化されてはいけない。少女は失礼な発言については謝っていない。悪いとすら思っていなさそうだ。

それに……この子は今、何で判断したんだ？

「なんで俺が恋してないってわかった？」

突っ込むべきはそこではなかった。少女が普通じゃない距離に入ってきた意図もわからないし、俺が恋をしてないからなんだというのだ。他人の恋愛事情なんてどうだっていいじゃないか。余計なお世話だよ。

だけど気になった。彼女が「あなたは恋をしていない」と断言したものだから。

俺の見た目だけで判断したにしては、彼女の口ぶりはもっと確信を伴っていたから。

少女は下げていた頭をゆっくり上げて、ニコッと笑った。

「内緒です！」

――それが、厄介《やっかい》な少女・久住明花《くずみめいか》とのファーストコンタクトだった。


駅のホームで女子高生に絡《から》まれてから三カ月。あれ以降、あの少女と遭遇することはなく、俺はいつも通りの何の事件もない日常を過ごしていた。

家は築七年のワンルームマンション。駅への近さ、牛丼チェーンや弁当屋などの充実具合、周辺の閑静《かんせい》さにこだわった結果、俺はお年寄りが多くこの住む町で暮らすことに決めた。家賃は部屋の広さの割には少々値が張るが、朝スマホのアラームに起こされるまでぐっすり眠れるほど静かなので満足している。

六年前、新卒の新入社員だった自分にしては冷静でナイスな判断だった。

（七時か。……あと五分）

結局七時二十分頃までだらだらとベッドの中で粘り、観念して布団から這《は》い出す。秋も深まる十月下旬。朝はかなり冷え込むようになってきて布団が名残惜《なごりお》しい。

洗面所に立って冷水で顔を洗い、歯磨きをしながらリビングへ戻りテレビを点《つ》ける。朝のニュースを聞き流しながらヤカンに水を入れて火にかける。一度洗面所へ戻って歯磨きを終え、お湯が沸騰《ふっとう》したらドリップコーヒーを淹《い》れる。昨日パンを買い忘れてしまったので朝食はない。会社に行く途中で買っていこう。

スーツに着替えて髪を整え、今日は早めに家を出る。あの失礼な少女との遭遇の後、俺は仕事用のスーツや靴、バッグを一新した。誤解されたくないので言っておくが、断じてあの少女に〝枯れてる〟と指摘されたからではない。あの子とは関係ない。ちょうど替え時がきていただけだ。

新しい装備は俺の気持ちまでも明るくした。同僚や得意先から「鞄《かばん》替えたね」などと声をかけてもらうと地味に嬉しいと知った。そんな自分に対して最初は〝女子か！〟とも思ったが、試しに俺も周りの男性陣に対して「それ新しく買いました？」と訊《き》くと、みんな嬉しそうに「いやぁ実はね……」と照れ臭《くさ》そうにするので、気付いてもらうことは総じて嬉しいものなんだとわかった。

「あら、星川さん」

駅まで歩いていく道で、年季の入ったアパートの軒先を掃除していた初老のお婆さんに呼び止められる。名前は米田《よねだ》さん。昨年旦那《だんな》さんに先立たれ、今は一人でこのアパートの大家さんをしている。いつ見ても身綺麗にお洒落《しゃれ》をしている、可愛らしいお婆さんだ。

「おはようございます。米田さん」

「おはようございます。今日も男前ねぇ」

米田さんがころころと小さく笑うと、目尻にくしゃっと皺《しわ》ができる。この町で俺はお婆さんにモテる。相手が二回り以上年上であろうと、それがリップサービスっぽくても、〝男前〟と言われたら単純に嬉しい。

「ありがとうございます。行ってきます」

「行ってらっしゃい。気を付けてね」

駅までは徒歩八分ほど。辿《たど》り着くまでに何人か顔馴染《なじ》みのお年寄りとすれ違って挨拶《あいさつ》を交わし、満員電車に乗り込む。さっきまでの安穏としたコミュニケーションが嘘のように殺伐《さつばつ》とした電車の中で俺は俯《うつむ》く石像と化し、痴漢の疑いをかけられないように自分の胸前でバッグを抱く。ほとんど身動きが取れないまま電車に揺られて約十分。ふらふらと電車を降りて改札を出る。人の流れていく方向に地下街を歩いていくと人の群れは次第に分散してそれぞれのオフィスビルに入っていき、俺も途中で群れを抜け出て勤務先のビルへと入った。

勤め先であるシュアリー化粧品は、化粧品のほかに医薬部外品、日用品の企画・研究開発や製造販売をしている。社員は二百六十五人。第二営業部には三十人の営業部員がいて、そのうち俺が所属する新規開拓チームは十人。ビルの五階にある営業フロアの端に、パーティションで区切られた一角を与えられている。

「星川！」

「はい！」

出社して挨拶をするよりも先に部長に呼ばれた。「おはようございます」と挨拶しながら近付くと「おはよう」と挨拶が返ってきて、部長の表情が再び厳しくなる。

「星川、お前だけもう今月の残業が五十時間オーバーなんだが」

「え、本当ですか」

驚いてみせたが、白々しかっただろうか。すみません。本当は気付いておりました……。

新規開拓チームでは基本的にこれまで引き合いのなかった取引先との仕事となるため、必然的にコンペ案件になりやすい。今月は大きなコンペが立て続けにあったから、提案準備に追われていた俺は、まだ月も半ばだというのに規定の残業時間をオーバーしていた。

「申し訳ありません。あと一つ、週明けのＫＯＭＩＹＡコーポレーションの提案が終われば落ち着くので……」

「別に〝残業するな〟と言ってるんじゃない。スケジュールがキツいなら相談してくれ。

事前にわかっていれば他の業務の調整のしようがあるが、ギリギリじゃ手の打ちようがない」

「申し訳ありません……」

第二営業部の三十人を統括《とうかつ》する池田《いけだ》部長は、基本的には気楽で穏やかな人だ。ただし、こと残業時間に関しては厳しい。時世の流れ的に会社が残業を良しとしていないので、あまりに部下が残業すると管理職が怒られる……という背景もあるだろうが、池田部長は昔から〝仕事と同じくらいプライベートを充実させるべし！〟がモットーの人。

「若いんだから合コン行けよ、合コン！」

「ははっ……はい、頑張ります。失礼します」

激励された手前そう答えるが、心の中では〝行かないだろうな〟と思っていた。部長席から離れ自分のデスクへと戻りながら、考える。

先輩の案件にサブで入ることもあるが、今は自分一人で回す案件も増えてきている。これまではここぞというところで上長にお伺《うかが》いを立てることになっていたところ、今は中規模案件であれば最終判断まで任せてもらえる。この状況になってからは仕事が格段に楽しくなっていた。正直なところ、残業が多いことを理由に自分の担当案件を取り上げられるのが嫌だった。だから部長に相談もできなかったのだ。

（担当を減らされたくないとなると……もっと仕事の効率を上げるしかないな）

仕事がプライベートに食い込む生き方だっていいじゃないか。

それに合コンは苦手だ。正直に答えると「最近の若者は！」なんて言われそうだけど。

自分の性格に合っていないのかもしれない。参加すれば、その場を盛り上げようとなんとか頑張ってはみるが、相手の話を聞き出して過剰《かじょう》なほどの反応をする自分はまるで役者みたいで。そうやって接した女の子と〝真剣に付き合う〟というのがどうしてもピンとこなかった。

合コンで知り合った女の子と結婚した同僚もいるから、一概《いちがい》に否定はしないけども……。たぶん、俺には合ってない。

(そうやって遠ざけてるうちに、誘われもしなくなったしな)

若干《じゃっかん》それで社内の友達も減った気がするが、まあ良しとしよう。

合コンになんか行かなくても生きていける。同じように、彼女がいなくたって――。


そこでふと、少女に言われた言葉を思い出した。

〝――なんだ。お兄さん、恋してないのね〟

駅のホームで失礼な少女に頭を触られたのはもう三カ月も前のことだ。あれから少女を見かけることもなかったのに、なぜか思い出してしまう。しかも、結構な頻度《ひんど》で思い出す。

えらくがっかりした顔をされたのが印象的だったからだろうか。名前も知らない少女は目に見えて〝期待はずれ〟という顔をしていた。

あんな反応をされたら、まるで、恋していないことがダメみたいじゃないか。

そんなの好きにさせてほしい。

（こちとらもう学生じゃないんだっつーの）

仕事も生活もあるんだから、そんな恋愛にばっかりかまけてられるかよ。

「はぁーっ……」

記憶から少女の言葉を消そうとして深くため息をついた。そして何気なく、ぐるっとオフィスを見回してみる。

（……うわ）

――気付いてしまった事実がひとつ。

〝恋愛にばかりかまけてられない〟と思っていたものの……よくよく周りを見れば、色めき立っている同僚の多いこと。オフィスフロアで動き回る人たちの姿と、自分が知っている情報を紐《ひも》づけて観察してみる。

今、コーヒーを片手に廊下を歩きながら得意先と電話をしている営業の先輩・八幡《やはた》さん

（四十歳未婚男性）は、最近アプローチしていた定食屋の女の子（十歳近く年下）と音信不通で失恋したらしい。

伝票の入力が滞《とどこお》っている社員に「早く！」と急《せ》かして回っている経理部の堀口《ほりぐち》さん（三十二歳未婚女性）は、昨日、相手が三股をかけていたことが発覚してヒモの彼氏と別れたんだとか。

経済誌を読んで自分のデスクで踏ん反り返っている隣の部の有明《ありあけ》部長（五十五歳既婚《きこん》男性）は、長年不倫をしていた総務部のお局《つぼね》様（女優みたいに美人）に「飽きちゃった」と言われ捨てられたそうだ。

（秋の大失恋祭……）

みんな素知らぬ顔で働いているくせに、いろんな事情を隠し持っている。相手が社内、社外を問わず、惚《ほ》れた腫《は》れたは多いようだ。よくそんなに恋愛にエネルギーを使う余裕があるなと、感心する。

なぜ俺がそこまで内情に詳しいのか……という点については気にしないでいただきたい。別にゴシップが大好きなわけじゃない。詳しくなってしまったのにはワケがあるので、誤解しないでほしい。ワケについてはまたの機会に。

周囲を見回すのをやめ、座ったまま一度大きく伸びをして自分の業務に取り掛かった。

(恋とか愛とか、この歳で真剣に考えることが小っ恥《ぱ》ずかしいわ)

他人は好きにしたらいいと思うけど俺は御免だ。恥ずかしくて格好悪い思いはしたくない。恋愛中なんてみんなまともな判断能力を失っているんだし、願わくばもう死ぬまで恋には落ちたくない。……それに、いい大人になった俺はもう充分に知っている。

恋なんてロクなもんじゃない。

1. 失恋リーマン

午後になり、昼の休憩時間もそろそろ終わるという頃、第二営業部の新規開拓チームに女性の声が響いた。

「星川《ほしかわ》くん、次の打ち合わせの準備ってもうできてる？」

「あ、はい！」

声をかけられて慌《あわ》てて立ち上がり返事をした。声の主は蟹江聆子《かにえれいこ》さん。新規開拓チームを取りまとめる主任で、今の俺の直属の上司にあたる。

午前中は同じく新規開拓チームの部下・小田原《おだわら》と得意先に行っていた蟹江さんは、颯爽《さっそう》とオフィスに戻ってきて息をつく間もなく午後の業務を開始する。

「それなら悪いんだけど、今から始めてもいいかしら。この後の予定が詰まってて……」

「勿論《もちろん》です。すぐ出力持ってきますね」

これこれ。このスピード感。心の中で感心して唸《うな》る。疲れを見せず滑《なめ》らかに次の仕事に移行するスマートさ。見ていて気持ちがいい。

俺は既《すで》に準備して自分のデスクに置いていた資料を抱《かか》え、すぐ近くにある打ち合わせ用の丸テーブルの上に運ぶ。筆記用具とスマホを手にした蟹江さんが向かいの席に座る。彼女はすぐ資料に目を通し始めた。無言で、スキャナーのように視線を左右に滑らせる蟹江さんを正面から見つめる。俺の視線を気にする様子はまったくない。

（ものすごい集中力……）

蟹江さんは入社十年目、三十二歳。若くしてこの新規開拓チームを任されている彼女は恐らく今、社内で一、二を争うほど忙しい。

しかしそれを表には出さない。蟹江さんはショートカットの黒髪を軽やかに揺らし、マラソンをしているかのように着実に一つ一つの仕事を冷静にこなす。

——お察しの通り。とにかく仕事ができて賢い彼女のことを、俺はめちゃくちゃ尊敬している。

（〝憧《あこが》れ〟くらいなら、理解できるかもな……）

赤ペンを握り、俺の前でビシバシ企画書に赤を入れていく蟹江さんを眺め、ぼんやりと思った。

恋とか愛とかは最近さっぱりわからなくなってしまったが、〝あの人に近づきたい〟〝あの人に褒《ほ》められたい〟という気持ちは今まさに持っている。俺の今の仕事のモチベーションは半分が〝自分でコントロールできる仕事の面白さ〟で、もう半分は〝蟹江さんに一目《いちもく》置《お》かれたい〃という感情だった。

それは恋愛とは違うんだろうけど、そういう風に憧れる相手がいるというだけで自分の生活が潤《うるお》う気がする。

「――打ち合わせ中にすみません。蟹江さん」

先ほど蟹江さんと一緒に得意先から帰ってきた小田原が、控えめに声をかけた。外線がかかってきたんだろうか？

「どうしたの小田原くん」

蟹江さんの集中が途切れる。途中で声をかけられてもほんの少しも表情を曇らせず、彼女はパッと小田原のほうを見て手を止め、聴く姿勢を取った。

小田原は俺の二歳下の後輩である。もっとも、彼は第二新卒でうちの会社を受け直しているので社歴は更に浅い。前髪がもっさりしていて、分厚い眼鏡をかけている。少し……というか、かなり野暮《やぼ》ったい。俺はまたＪＫの言葉を思い出した。

『恋をしていたら、もっと〃ちゃんとした自分を相手に見せたい〃って思うものでしょう？　お兄さんからはそういうやる気が感じられないもの』

こいつに比べたら俺なんてまだマシじゃね？

自分の中の嫌な部分がそんな弁解をした。そして一瞬で自己嫌悪に陥《おちい》る。〝そういうとこあるぞ〟と自分をたしなめる。すぐに他人と比べようとするのは良くない癖《くせ》だ。

ただ――ＪＫの言葉が正しいなら、この小田原も恋をしていないということになる。女ウケを意識していない外見に不愛想な雰囲気。確かに彼は恋愛に興味がなさそうだ。そういう意味では同志かもしれない。

小田原は蟹江さんに淡々と報告をする。

「いま萌葱《もえぎ》コーポレーションから電話があって、〝来週に予定していた定例会を今週末の夕方に変えられないか〟とのことです」

「えっ、そうなの……打ち合わせ自体は大丈夫だけど、資料がまだ」

「それならもうすぐできます。今日中には仕上がりそうなので、明日確認をお願いできますか？」

「なら問題ないです。先方にも〝変更可能です〟と返事してもらえますか」

「承知しました」

「助かるわ。ありがとう、小田原くん」

（おのれ小田原……！）

聞こえてきた優秀な仕事ぶりに、傍《そば》で聞いていた俺は〝えっ！〟と驚いてしまった。なぜ来週使う資料がもうできている……！

小田原優成《ゆうせい》は新卒で入った地方銀行をすぐに辞《や》め、第二新卒としてシュアリー化粧品に中途入社してきたと聞いている。以来ずっと蟹江さんの下で働いており、昨年彼女の部下になったばかりの俺よりも蟹江さんと通じ合ってる節がある。

すぐに他人と自分を比べてしまう悪い癖。相手はどうだか知らないが、俺は小田原にライバル意識を持っていた。

「蟹江さん！　俺も、この資料とは別に週明けの資料をもうすぐ完成させるので、そっちも確認をお願いできますか」

「え？　ああ、ええ。もちろん。早いわね」

付き合いの長さに負けてなるものか。俺ももっと仕事の効率を上げて、成果を出して、蟹江さんに一目置かれる存在に……。

（頑張ろ……）

恋をしていなくても日常にはハリがある。見知らぬＪＫになぜかガッカリされる経験さえしなければ、〝自分は恋をしていない〟などとあらためて立ち返ることもなかっただろう。事故みたいなもんだ。当て擦《こす》りみたいな。

強烈な出会いだったからたびたび思い出してしまうけど、そのうち思い出すこともなくなる――はず、だったのだが。

週末、金曜日。得意先との定例ミーティングを終えた俺と蟹江さんは喫茶店に入り、次のアポまで時間を潰《つぶ》すことにした。

「この後のアポが済んだら、次は小田原との案件の打ち合わせですよね」

「ええ、今日はずっと外。たまにこういう日があるのよね」

俺は注文したアイスコーヒーを飲み、蟹江さんはホットのストレートティーを飲む。ただ紅茶を飲んでるだけなのにティーカップを持った姿が様になっていて、〝貫禄《かんろく》があるって得だなぁ〟とぼんやり思った。

そして少し、緊張した。次のアポまでは三十分ほど。空いた時間をそれぞれメールの返信などにあてるのだろうかと思っていたら、蟹江さんにパソコンを取り出す様子はない。

これは……三十分の間、会話をする流れでは……！

会社で二人だけで打ち合わせをすることも珍しくないのに、場所が違うというだけで異様に意識していた。何を話そう。調子に乗ってベラベラ話し過ぎたら〝こいつアホだ〟と思われそうだ。いや、蟹江さんはそんな性格悪いタイプじゃないけど……。

俺が何を話そうか迷っていると、蟹江さんはティーカップを置いてじっとこちらを見た。

（……なんだろう？）

真面目《まじめ》な顔をされて無意識に背筋が伸びる。

蟹江さんは話しだす前に小さく息をついて、厳しめの地の表情をゆっくり和《やわ》らげた。

「もうすぐ正式な辞令が出るから言うけど、私、海外への転勤が決まってるの」

「……えっ…………えぇ!?」

当然のことながら初耳で、意味を理解するなり思い切り驚いてしまった。急にそわそわと落ち着かない気持ちが戻ってきて、目の前のアイスコーヒーを両手で掴む。飲む余裕はない。

蟹江さんが、海外転勤……!?

「まだ部のみんなには秘密にしておいてね」

「それは、もちろん……。え。海外ってどこですか？」

「シンガポール」

「シンガポール……」

マーライオンが頭に浮かぶだけだった。うちの海外支社がシンガポールにあることは知っていたが、行ったことはない。社内報で時々その存在を目にするくらい。そこでどんな仕事が為《な》されているのかも正直あまり知らなかった。

「一体いつ……」

「まだ三カ月ちょっと先」

「……前から決まってたことなんですか？」

「話自体は一年くらい前から出てたんだけどね。正式に打診があったのはほんとに最近。向こうでも本格的に事業を広げたいそうで、そのために現地の社員と一緒に動ける日本人を置きたいみたい」

「なるほど……」

蟹江さんがすごい人だということは知っていたが、会社からそこまでの信頼と期待を置かれていたとは……。純粋に感心するし、一方で焦《あせ》ってもいた。話を聞く限りではシンガポールへの転勤は栄転だが、それはつまり今の部署から蟹江さんが抜けるということ。彼女が俺の上司ではなくなるということだ。

「おめでとうございます……！」

口ではそう言いながら、〝心ここにあらず〟な自分がいる。蟹江さんがいなくなったら俺のモチベーションが……。

対する蟹江さんのほうも、なぜか少し浮かない顔をしていた。「ありがとう」と苦笑して、冷めた紅茶にそっと口をつける。蟹江さんの話には続きがあった。

「それでね。〝本社から一人だけ連れて行ってもいい〟って上から言われてるんだけど」

「シンガポールにですか？」

「そう、シンガポールに。私のほかに、もう一人」

蟹江さんの他に、もう一人……。頭の中に蟹江さんの立ち姿と、その隣にもう一人を思い浮かべるが黒くモヤモヤとした人の像しか出てこない。その相手は誰だ？

さっぱりイメージできないでいると、蟹江さんは体を前に屈《かが》め、声をひそめた。

「例えばね、星川くん」

「……はい」

不意に蟹江さんが上目遣《うわめづか》いになり、ドキッとする。彼女の若干《じゃっかん》吊りぎみで切れ長の目は、上目遣いになると魔性的。何を言われても「ＮＯ」と言えないような、そんな魔法にかけられた気分になる。

彼女は言った。

「例えばの話なんだけど、今、私が星川くんに〝一緒にシンガポールに来て〟って言ったら……どうする？」

「……うっ、えっ」

驚きのあまり情けない声が出た。それを咳払《せきばら》いをして誤魔化しつつ——焦った。なんて答えたらいい？　っていうかどういうことだ？　〝一緒にシンガポールに来て〟って。〝例えばの話〟だと前置きがあったが、本当に言葉通りに受け取っていいのか？

（それを俺に話す意味って……もしかして）

そういうこと？

蟹江さん、まさか…………俺に付いてきてほしい？

「あ、っ…………その……」

頭の中でうまく整理がつかなくてまごつく。どう返すのが正解だ？

仮に蟹江さんが本心で俺に付いてきてほしいと思っているとして……俺は行けるのか？シンガポールに。向こうでやっていけるだろうか。自分に関係する話だと思うと、そう簡単には返事ができない。

しばらく〝う〜ん……〟と唸《うな》って考え込んでいた俺のことを見かねてか、蟹江さんはカラッとした笑顔で言った。

「――なんてね！」

「え」

「やっぱり、急に〝一緒に海外に来て〟なんて言ったって戸惑《とまど》わせるだけよねぇ」

一瞬〝もしかして冗談だった？〟とも疑ったが、笑う蟹江さんの表情はどことなく寂《さび》しそうに見えた。これは冗談じゃない。〝付いてきてほしい〟という気持ちは嘘じゃなさそうに思える。

がっかりさせたまま終わりたくない。俺は必死で言葉を探した。

「……そ……そんなことないと思います」

俺の言葉に反応して、蟹江さんはティーカップに伸ばした手を止める。視線を上に戻し、再びこちらを見る気配。俺は彼女の目を見ることができず、既に空になっているアイスコーヒーの中の氷を見つめて喋《しゃべ》った。

「蟹江さんにそうやって誘ってもらったら、嬉しいと思います」

「……ありがとう。そうだったらいいな」

（………なんだこの空気）

とても顔を上げられない。

なんなんだ、この甘酸っぱいやり取りは。彼女はただの憧れの人だったはずだろう。

蟹江さんが喜んでくれるなら、喜び勇んで「付いていきます！」と気持ちよく返事をしたい。でも現実問題、自分にその役が務まるかわからない。シンガポールに移住するなら生活もまるっと変わるだろう。そんな中で彼女のことを支えられるか？

「ごめん、星川くん。ちょっとお手洗い行ってくるね」

「あ、はい」

不意に蟹江さんが席を立ったので、俺は弾《はじ》かれるように顔を上げた。化粧室に入っていく後ろ姿を見つめる。首の後ろで整えられたショートカットの黒髪が揺れる。凛《りん》として格好いい、守りたい背中。

それが遠くへ行って、もう簡単には会えなくなってしまうと思うと……。

（――ああ。なんだ）

今、唐突に腑に落ちた。

遠くに行ってしまうとわかった途端、こんなに胸を締め付けられて。

俺は蟹江さんのことを、ひとりの女性として……。

(ただの憧れじゃなかったのか……)

冷静に自分に問うてみると合っている気がした。認められたいのも、褒められたいのも、蟹江さんにもっと好かれたいから。

つい最近まで〝恋だの愛だの小っ恥ずかしい〟と心の中で嘯《うそぶ》いていたくせに、これは恥ずかしすぎる。認めたくない……。

でもこれが恋愛感情だと仮定すれば、今の苦しさや葛藤《かっとう》にも説明がつく。蟹江さんと会えなくなるのは嫌だ。普通ならシンガポール行きは丁重にお断りしたいところだが、蟹江さんが「来てほしい」と言うなら悩んでしまう。

認めるほかない。俺は彼女のことが好きらしい。

「まじかー……」

頭を抱えて息をついた。とりあえず、シンガポール行きについてはもっとよく考えよう。

ここで気持ちがハイになった状態で「行きます！」と手を上げても蟹江さんに迷惑かける

だけ……。

その時だ。

（……ん？）

どこからともなく視線を感じた。

最初は〝蟹江さんもう戻ってきたのか？〟と思って化粧室のほうを見たが、ドアが開いた様子はない。だけど確かに、誰かに見られている気がする。気配に敏感なほうではないのだが、視線を感じる。落ち着かずきょろきょろと周りを見回した。

そして見つけた。

「…………あぁっ!?」

前方斜め四～五メートルほど先にあるテーブル。フロアの各所にある大きな柱で本来は死角になっているはずのソコから――――ちらりと顔を半分覗《のぞ》かせてこっちを見ている、怪《あや》しい女子高生の姿。

（あの時のっ……！）

信じられないものを見た気持ちで俺が硬直しているうちに、ニヤニヤしていた少女は〝タタターッ〟とこっちに駆け寄ってくる。

来るな！　怖い！　あっちに行け！

頭の中で念じても願い虚《むな》しく、少女はあっという間に俺がいるテーブルまでやってきて可憐《かれん》に笑った。彼女は最初に出会ったときと同じく、セーラー服を身に纏《まと》っていた。

この近所の高校の子なのか？

「お久しぶりです。また会えましたね！」

「……俺はもう会いたくなかったよ……」

「そんな冷たいこと言わず～」

「あっ。おい……！」

会話もほどほどに、少女は再び俺の後頭部に触れてきた。手のひらで〝ふわっ〟と後ろ髪を潰《つぶ》される感触。目の前には閉じた瞼《まぶた》の先から長い睫《まつ》毛《げ》が見える。

一瞬の出来事に、俺は思った。

（…………綺麗だな）

…………じゃなくって!!

つい見惚《みと》れてしまった自分にグーパンを食らわせたい。またこんな公衆の面前で、そんなに淫行《いんこう》罪の容疑で捕まりたいのか！　俺！

「こら！　離れっ……」

しかもこんな現場、蟹江さんにどう説明すればいい。今回ばかりは本当の本当に困る……と、なんとか少女を自分から引っぺがそうとしたら――力を込める前にパッと彼女のほうから離れていった。

そして嬉しそうにニッコリ笑って。

「おめでとうございます！」

何だかわからんが祝われた。

「え……なに……？」

「〝離れることになって恋心に気付く〟……遅くない？　って気もしますが、まあ定番ですよね！　全然オッケーです！」

何がなんだかさっぱりわからないけれども、彼女は一人納得したようで腕を組み〝うんうん〟と頷《うなず》いている。こいつやべぇぞ。思っていたよりも更にやばい女子高生に、俺は絡《から》まれているのかもしれない……。

しかも、だ。三カ月前と同じようなことが起きている。少女の今の口振りだと、俺が蟹江さんへの恋愛感情を自覚したことに気付いている。それも――確信的に。

一人満足している少女に向かって、半信半疑で尋ねた。

「きみ……何か視えてるのか？」

少女はテーブルの前に立ったまま俺を見下ろし、ニコッと笑う。三カ月前もこんな感じだった。駅のホームのベンチに座る俺と、目の前で見下ろしてくる少女。そしてその時は

「内緒です」と濁《にご》された。

今回は違う。彼女はニコッと笑ったまま、こう答えた。

「視《み》えてますよ」

「私には、あなたが恋に、、、落ちた、、、瞬間が視えます」


——恋に落ちた瞬間？


「……それは、つまり……どういう——」

困惑しながら詳しく話を聞こうとしたとき、化粧室から蟹江さんが戻ってきた。

「星川くん？」

（あ！　まずい——）

とっさに少女をどこかに隠そうとしたが遅い。俺のいるテーブルの前に突っ立ったままの少女と蟹江さんが対面してしまった。

「その子は？　知り合い……？」

大人なので蟹江さんは顔に出さないが、明らかに不審がっている。

（どう説明する……!?）

〝ただの知り合い〟は怪しすぎる。かといって、ほんとのことを説明するのも格好悪い。〝先日見知らぬ女子高生に絡まれまして……〟なんてダサすぎる。どちらもダメだ。蟹江さんにだけは、情けない男だと思われたくないっ――――！

「いっ…………妹です！」

逡巡《しゅんじゅん》した結果、俺は彼女を自分の身内にした。

「……ああ！　妹さんがいたの！」

蟹江さんは納得してくれたらしい。

そして当の少女のほうは……。俺がちらりと目くばせすると、彼女は悪意なさそうにきょとんとしていた。

（……しくじったか？）

女子高生にアイコンタクトで〝話を合わせろ〟というのは難易度が高かったか。それか、嘘をつくのには抵抗があるタイプ……？　少女が黙っているので蟹江さんの顔に再び不審の色が浮かび始める。

（頼むから何かしゃべってくれ……！）

黙って念じること数秒。

少女はニコッと笑って、顔にいっぱい愛想笑いを浮かべた。

「兄がいつもお世話になってますー♡」

……こいつ、堂々と嘘つきやがった。話を合わせてくれるよう期待しておいてなんだが、こんな年頃から上手に嘘がつけるなんて先が思いやられるぞ。お兄さんは心配です。

しかし状況的には助かった。蟹江さんの顔も朗《ほが》らかになり、二人は打ち解けた様子で挨拶をする。

「こちらこそ、星川くんにはいつもお世話になってます。上司の蟹江です」

「どうもご丁寧《ていねい》に……妹のくずっ……星川、明花《めいか》です。〝明るい花〟って書いて〝明花〟といいます」

「そう、〝明花さん〟ね」

……今、明らかに自分の本名を名乗りかけたよな？

とっさに今聞いたばかりの俺の名字を名乗った機転は褒めたいが、傍《はた》から見ていて俺は生きた心地がしなかった。っていうかどうするんだ、コレ。俺に妹とかいませんけど……。

少女と遭遇するのはこれで二度目だが、お互いに名乗っていなかったので彼女の名前は今初めて知った。〝明るい花〟で〝明花〟。まさかこんな形で本名を知ることになろうとは。

……っていうか本名だよな？

「それじゃあ、星川くん」

蟹江さんは少女と一通り挨拶を終えたようで、バッグを持ち立ち上がった。ハイブランドの革バッグの中から黒く光沢《こうたく》のある財布を取り出し、中から千円札を三枚抜いてテーブルの上に置いていく。

「あ、え。いや、蟹江さん」

「私ちょっと早めに出るわね。ここは私が出しておくから、星川くんはもう少しゆっくりしていくといいわ。よかったら妹さんも何か頼んで」

「わー！　いいんですかっ⁉」

「おい、こら……！」

遠慮を知らない少女をたしなめるが、蟹江さんが気前良く笑って「高いのでもいいわよ」と返したのでもう止めようがなかった。俺は立ち上がって、店を出ていく蟹江さんを見送り「ありがとうございます。お疲れ様です」と頭を下げ、蟹江さんが見えなくなってから深く座席に腰掛けた。額《ひたい》と瞼を片方の手のひらで覆《おお》う。

「っ…………！」

精神的に疲れた……！

先ほど〝明花〟と名乗っていた少女はすかさず自分も席に座って「すみませーん！」と店員を呼び、「チョコバナナマウンテンパフェを一つ！」と高らかに注文していた。俺は視界を覆った手の指の隙間からちらりと彼女を窺《うかが》う。ご機嫌でメニューを見ている。

口からは蚊の鳴くような声しか出なかった。

「…………俺に妹などいない」

「私にもお兄ちゃんなんていませんよ。それに星川さんが言い出したんじゃないですか。私のこと〝妹です〟って」

　ナチュラルに〝星川さん〟と呼ばれて内心ギクッとする。女子高生に名前を呼ばれてしまった。なんとなく、淫行罪に一歩近付いてしまった気がした。俺はそっちに行きたくない……。

　いつまでもぐったりしていても仕方ないので、姿勢を正して椅子に浅く腰掛ける。自分も追加のホットコーヒーを注文してから、彼女と対話を試みた。

「さっき……〝明花〟って名乗ってたのは本名？」

「偽名《ぎめい》を使う理由がないですよ。さっきは妹設定だったから星川さんの名字を名乗りましたけど、ほんとは〝久住明花《くずみ》〟って言います」

「そう。〝久住さん〟ね。久住さんは——」

「星川さんは？」

　いろいろ質問をしようとしたところ、すぐに質問を返されて話の腰を折られる。進まない会話にもどかしさを覚えながら、大人なので年下の話を先に聞いてやる。

「……俺が、何？」

「名前です。私はフルネームを名乗ったんですから、星川さんもフルネーム教えてください」

〝勝手に名乗っておいて……！〟と憤《いきどお》りつつ、ここでごねても仕方がない。俺は渋々自分の名前を名乗ることにした。

「……〝星川諒二《りょうじ》〟」

「〝諒二さん〟ですね。へぇ……」

「下の名前で呼ばないように」

「どうして？」

「どうしても！」

彼女はこの組み合わせの不味《まず》さに気付いていないようだ。女子高生とリーマンなんて……しかもこんな昼間から。兄妹でお茶してるなんて考えにくいし、援交と誤解される可能性も高い。

一刻も早く立ち去り、この子と無関係になったほうがいい。自分の保身を考えるならそれが一番いいのに、俺はさっき彼女が言っていたことが気になっていた。化粧室から蟹江さんが戻ってくる寸前に、この少女、久住さんが言っていたこと。

〝私には、あなたが恋に落ちた瞬間が視えます〟

「――〝恋に落ちた瞬間が視える〟とか言ってたよな。さっき」

「言いましたね」

「あれはどういう意味？」

真面目に尋ねると、久住さんは一瞬きょとんとして、それから〝えーと……〟と考え始めた。テーブルの上に視線を彷徨《さまよ》わせ、言葉に迷いながら口を開く。

「〝どういう意味？〟と訊かれると……そのまま、っていうか。言葉通りです。人がいつ、どんな風に、誰に恋に落ちたかが視える」

「それはどうやって？　……どんな風に？」

こうやって質問を受けることに慣れていないんだろうか。変だな。〝恋に落ちた瞬間が視える〟なんて言われれば、誰しも根掘り葉掘り尋ねそうなものだけど。

久住さんは口を変な風にひん曲げたり、よそ見をしたりを繰り返しながら、俺の質問に答える。

「相手に触れて。そしたら、頭の中にその人が〝恋に落ちた瞬間〟の映像が流れ込んできます」

そう説明されると、三カ月前と今日、彼女が取った不可解な行動にも合点《がてん》がいく。

「この間もさっきも、俺の頭の後ろを触ってたのは……」

「そうするとなんとなく〝視えやすくなる〟気がして。ただ体の一部が触れるだけでも視えはするんですが、いつでもばっちり視えるわけじゃないんです。結構、運任せなところもあるみたいで」

「ふーん……なるほど」

そんな話をしているうちに、久住さんが頼んだパフェと俺のホットコーヒーがやってきた。俺は頭の中で情報を整理しながらコーヒーをすする。

ちらっと彼女のパフェに目をやるとバナナが盛り盛りで、その上にチョコソースとブラウニーがふんだんにちりばめられていた。胸ヤケがしそうだ。

これを久住さんは喜んで食べるのか……と思っていたら、彼女はパフェに手をつける様子がなく。なんだ？　と思って俺が視線を上げると、彼女は口を開けた間抜けな顔で俺のことを見ていた。

「……え、なに……？」

声をかけると彼女は〝ハッ！〟と我に返った。

「あ、や、その…………今の私の話、信じるんだーと思って……ちょっとびっくりして」

「なんだ。嘘なのか」

「嘘じゃありません！」

力強く否定して、彼女はプリプリしながら「いただきます！」と手を合わせてパフェにスプーンを突っ込んでいった。自分で言っておいてなぜ怒る。やはり十代の心の機微《きび》はよくわからん……。

理解に苦しみながら、ホットコーヒーをもう一口。「嘘じゃありません」という久住さんの返答にこう答えた。

「それなら信じるよ」

久住さんはパフェを一口放り込んだまま柄の長いスプーンを咥《くわ》え、複雑そうな顔で俺のことを見る。

「…………星川さん、変な人ですね」

「きみにだけは絶対に言われたくない」

最後にもう一つだけ、彼女が持っているという能力について確認したいことがあった。

「久住さんが視えるのは、その人の〝直近の恋〟についてになるのか？」

「……あー。そこのところ微妙なんですが……基本的には〝直近の恋〟だと思います。でもその人の想いの深さとか真剣さとか、恋に落ちてからどれだけ時間が経過してるかによっても変わってくるみたいで」

「そっか」

「だから、やっぱりさっき言ったみたいに〝運〟の要素も強いと思うんですよ」

「なるほどね…………一緒か」

「…………一緒？」

「いや……」

視える内容については曖昧《あいまい》なところもあるが、これだけ詳細に自分の言葉で語れるということは、彼女の〝人が恋に落ちた瞬間が視える〟という能力は本物なんだろう。

（つくづく厄介《やっかい》な女子高生に捕まってしまった……）

コーヒーを飲みながらそんなことを考えていると、また新たな疑問が湧いてきた。

三カ月前、駅のホームにはあんなに人が溢《あふ》れていたのに、久住さんはどうして俺に声をかけてきたんだ？　今だって……この喫茶店で居合わせたのは偶然？　女子高生が一人で喫茶店なんて来るか？

目の前で美味《おい》しそうにチョコバナナパフェを頬張る女子高生を観察する。あざとく鼻の頭にクリームをつけているが突っ込んでやらない。

なぜここにいたのかを問い質《ただ》そうとしたら――。

「私のことはいいんですよ!!」

久住さんは何かを思い出したように急に声量を上げて、〝バッ！〟とこっちを見た。その目は爛々《らんらん》としていて、嫌な予感しかしなかった。

鼻の頭にべったりとクリームを付けたまま訴えてくる。

「どうするんですか星川さん！　さっきの女上司さん、シンガポールに行ってしまうんでしょう？」

「盗み聞きしてたのか？　っていうか、〝女上司さん〟じゃない。さっき名前教えてもらったたろ。〝盗み聞き〟なんてしてません！　あの座席の距離で聞こえるわけないじゃないですか。能力で覗いたときに星川さんとあの女上司さんの会話が視えただけです。それから、私は人の名前を憶えるのが苦手です」

言われてみれば確かに、彼女がいたテーブルからこの席までは四〜五メートルほど距離がある。聞き耳を立てるのも無理があるので〝能力を使って会話を視た〟というのも本当だろう。……自分が恋に落ちた瞬間を覗かれたって。冷静に考えると普通に恥ずかしいな。

久住さんは俺と蟹江さんの今後について興味津々《しんしん》だ。

「ガンガンいきましょう！　攻めましょう！　海外上等じゃないですか！」

「いや……勝手なこと言うなよ」

女子高生同士の恋バナのノリなのか？

パフェをぱくぱくと口に運びながら、彼女は俺を焚《た》きつけてくる。若く無責任な言葉で。

「ここでシンガポールに付いていかないでどうするんです？　男が廃《すた》ります！　ここぞという決断を迫られて〝付いていきますよ〟ってサラッと言える男の人、めちゃくちゃ格好いいと思うなぁ〜」

自分が「格好いい♡」と言えば男がその通りにするとでも思っているのか？　恐ろしい！　女子高生恐ろしい！　そんなことで決められるわけないだろう馬鹿め！

心の中で非難したが、口に出すと格好悪い気がしたので心の中に秘めておく。

「人の人生をなんだと……」

そもそも久住さんに口出しされるいわれはないのだが。〝海外転勤には付いていって当然！〟と思っている彼女に、現実はそう甘くはないことを教えてやりたい。

俺が簡単にシンガポール行きを選べないのには理由がある。

「蟹江さんに付いてシンガポールに行くには、一つ大きなハードルがあるんだ」

「なんです？」

きょるん、と純粋な丸い目を向けてくる久住さん。俺の言う〝ハードル〟には何も思い当たらない様子。これだから若者は怖い……。今の時代、英語はできて当たり前だと思っている節がある。超怖い。

そんな若者に向かってきっぱり堂々と言ってやった。

「俺は英語がさっぱりできない」

「………………え――っ!!」

喫茶店に響く女子高生の不満の声。あからさまに〝驚愕《きょうがく》！〟という顔をされて俺の尊厳はちょっぴり傷つけられた。逆になぜみんな英語ができると思っている。そういう時代か。そういえば、会社のエントリーシートにもＴＯＥＩＣの点数を書く欄が必ずあったな……。受けなかったことにして一度も記入しなかったけど。

久住さんはスプーンを握りしめて。

「ま……まあ！　大丈夫ですノープロブレム！　だいたいボディーランゲージでなんとかなりますよ！」

「旅行じゃないからな……？」

やばい女子高生に励まされ、俺の尊厳は更にちょっぴり傷ついた。

予想外の再会を果たしてしまったが、俺は連絡先を交換しようとしてくる久住さんの提案を頑《かたく》なに拒《こば》み、喫茶店で別れた。

願わくば、もう変な女子高生に絡まれない人生でありますように……。


翌週の水曜日。蟹江さんはこの日も朝から爽やかに麗《うるわ》しく仕事に精を出していた。

「星川くん」

「はい！」

〝好きな異性〟として自覚したからか、今週の蟹江さんはやけにキラキラして見えた。わかっている。自分でも気持ち悪いことを言っていると思う。……でもなんか……。

（くっっっっそ可愛く見える……！）

元から綺麗だけど！　俺が言うまでもなく美人で有名だけど！　しかし先週までとは明らかに違う。彼女の一挙一動や、なんてことない表情が抜群に可愛く見えた。

先週までの自分の持論がブーメランになって襲ってくる。


〝恋愛中なんてみんなまともな判断能力を失っている〟


今の俺は明らかにまともではない。

「これ頼める？　来週半ばまでに依頼されてるんだけど……」

「はい、もちろんです！」

彼女から仕事を任されたことが嬉しくて内心で尻尾を振る。任されたのはまた新たなコンペ案件だった。「後で説明するわね」と渡された資料をぺらっと一枚捲《めく》ると、俺もよく知っている有名な製薬会社の名前と、今回の与件の予算が書かれている。

（……結構なデカさの案件じゃないか⁉）

予算が、いつもと桁《けた》が違う。

重大な仕事を任されると、責任の重さに緊張して、それ以上に〝期待されている〟という実感に心が舞い上がる。

嬉しい理由は他にもあった。今週に入ってだが、心なしか今まで小田原に振られがちだった業務も俺に任されることが増えた気がする。

そう感じていたのは俺だけじゃなかったようで、午後、蟹江さんが提案に出かけていくと、小田原が斜向《はすむ》かいの席から俺のデスクのほうに回って話しかけてきた。

「星川さん」

「ん？」

「蟹江さんから何か聞いてませんか？　ちょっと近頃様子がおかしいというか……よそよそしいというか」

もっさりとした前髪と眼鏡で表情が読みにくいが、小田原は明らかに元気がなかった。俺よりも身長が高い彼から見下ろされると、椅子に座っている俺は強い圧迫感を感じる。訊き方こそ丁寧だが、詰問《きつもん》されている気分というか……。

小田原の口振りからすると、蟹江さんの海外転勤については聞かされていないらしい。俺は白々しくならないように注意しつつ、資料を探すフリで自分のキャビネットを漁《あさ》りながら何気なく答える。

「そう？　普通じゃない？」

「そうですか……すみません、変なこと訊いて」

釈然としない様子ではあったが、それ以上尋ねようがなかったらしい。小田原はとぼとぼと自分の席に戻っていった。

哀愁《あいしゅう》漂う大きな背中を視界の端に捉《とら》え、俺は蟹江さんに対して思う。

（小田原にはさすがに言ってやったほうがいいのでは……）

彼女は先週、喫茶店で俺に海外転勤のことを打ち明けると「部のみんなにはまだ秘密にしておいて」と釘を刺した。約束を違《たが》えるわけにはいかないのでもちろん黙っている。誰にも話していない。おしゃべりな男は嫌われるからな。

でも小田原は彼女の下について一番長い部下だ。道義的に、彼が一番に蟹江さんの転勤を知らされていても何も不思議じゃない。複雑な心情だった。〝小田原が先でしかるべきでは？〟と思う反面、俺の心には優越感が芽生えている。

蟹江さんの海外転勤について、俺は既に聞かされている。

小田原はまだ聞かされていない。


そのことで更に確信が強まった。蟹江さんは、他でもない俺にシンガポールに付いてきてほしいと思っている。そう考えると、仕事中だというのにニヤけてくる。

――しかし忘れていたことがひとつ。俺は残業のしすぎで、もう今月から定時で仕事を切り上げるよう調整を義務付けられていた。

「お前人の話聞いてたんか！」

池田部長にはこってり絞られ、せっかくの大型案件は結局、小田原に譲ることになったという……。

蟹江さんの転勤まであと三カ月。なんだかんだ言って、俺はもうシンガポールに付いていくほうに心が傾いている。

覚悟はある。足りないのは英語力だけ。部長からはしばらく残業禁止令を出されている今――〝ちょうどいい機会だ〟と思うことにして。俺は終業後の時間を使い、英会話スクールの短期集中コースに通い始めることにした。

そこで更に、驚愕の遭遇が待っているとも知らずに……。

「わーっ！　星川さんだ！」

既に見慣れつつあるセーラー服。そのプリーツをはためかせ、久住明花は俺を見てわざとらしく大袈裟《おおげさ》に両手を上げ、リアクションを取った。〝ぐうぜーん！〟と言わんばかりのポーズ。口に出すと白々しくなると思ったのかしらないが、口に出さなくても白々しい。

「……そんな偶然あるか――!!」

「あいたっ！」

思わず手に持っていたスクールのパンフレットを丸めて頭を叩いていた。久住さんは大袈裟に痛がって頭を庇《かば》いながら床にしゃがみこみ、上目遣いで俺を非難する。

「女の子の頭を殴《なぐ》るなんて……お兄ちゃんひどい」

「誰が〝お兄ちゃん〟だ！　逆にいかがわしいからやめてくれ！」

「この間から思ってたんですけど、星川さんちょっと思考がアレすぎません？　女子高生に対して何かトラウマでもあるんですか？」

「なっ……」

今までのあれやこれやに、どうして俺が過剰に反応していたかわかっているような口振りで言われて唖然とした。こいつわかってて……！　わかってて人目も気にせず馴れ馴れしくしてたのか！

「あの……久住さんとお知り合いですか？」

「あ」

神出鬼没な久住さんに動揺するあまり、傍に人がいることを忘れていた。俺は今、英会話スクールの見学・体験コースに参加している最中。今日の担当である講師の雅美《まさみ》先生に施設を案内してもらっていたところ、突然制服姿の久住さんが廊下に飛び出してきて、今に至る。

「随分《ずいぶん》と仲が良さそうですが……」

　歳は恐らく俺と同じくらいで三十歳手前。背が高くスレンダーな容姿に似合うタイトな長めのスカートを穿《は》き、先の尖《とが》ったヒールの高いパンプスを履《は》いている。脚の長さが際《きわ》立《だ》っている。淡いグレーのニットのざっくり開いた襟元から伸びる首の上には、ちょこんと小さな顔が載《の》っている。凛として落ち着いた雰囲気。目鼻立ちがはっきりとしていて意志の強そうな感じが好印象。おまけに英語がペラペラという雅美先生は、今。俺と久住さんのやり取りを見て明らかに困惑していた。

（妹……という手はもう通じないよな……）

　さっき「誰がお兄ちゃんだ！」と言って否定してしまったし、雅美先生は彼女の名字が〝久住〟であることを知っていた。ここで「兄です」と嘘をつくと確実にややこしいことになる。

「いやぁ……ええと……」

　代わりの設定が何も浮かばない俺に助け船を出してくれたのは、諸悪の根源・久住さんだった。

「そうなんですよ！　この間、私が電車で痴漢に遭《あ》ったところを星川さんが助けてくださって！　ほんとにすごいぐうぜーん」

「ああ、そうなんですね」

またしれっと嘘つきやがった。

「ははは……」

またもや助かったが心配せずにはいられない。お前の人生、ほんとにそれで大丈夫か……？


聞けば久住さんは、ＡＯ入試の面接対策として母親からこのスクールに入ることを勧《すす》められ、先週から高校生コースに通っているのだという。ここで俺と鉢合《はちあ》わせたのはあくまで偶然という話だが……本当だろうか？　自由自在に信憑性《しんぴょうせい》のある嘘がつける久住さんのことだから、〝俺が入りそうなスクールを調べて先に入学してしまう〟くらいのことはしててもおかしくないと疑ってしまう。

「今度から週三で会えますね！」

（まじでなんなのこの子……）

規格外の恐怖を覚えつつも、結局俺はその後、月水金の夜に久住さんと顔を合わせることになった。


英会話スクールに通い始めて一週間。夜七時から始まる自分のレッスンを待つ間休憩室にいた俺は、高校生コースを終えて帰るところの久住さんに捕まっていた。

「もう遅いんだからさっさと帰りなさい」

わざわざ隣に座ってきた久住さんを〝しっしっ〟と手で追い払う。あからさまに邪険にしてみても彼女にはあまり効果がなく、スクールバッグを膝《ひざ》の上に置いたまま〝ずいっ〟と身を乗り出して顔を近付けてくる。

「その後、女上司さんとの仲はいかがですか？」

「だから〝女上司さん〟じゃない。〝蟹江さん〟だ。それから俺のプライベートはきみには関係ありません」

「そんなつれないこと言わず！　こっちは星川さんの経過報告を楽しみにレッスンに来てるんですから！」

「それ、雅美先生が聞いたら悲しむぞ……」

彼女が受講している高校生コースも、俺が受講している短期集中コースも、講師は同じ〝雅美先生〟だ。俺は久住さんが雅美先生に、俺についてあることないこと話していないかをちょっと心配している。

話題に出たことで思い出したのか〝そういえば！〟という顔をして、久住さんは言った。

「今日、雅美先生は欠勤で代理講師の先生でしたね。私のクラスは見たことない先生が担当してました」

「え！　そうなの？」

「メール来てたでしょう？」

「確認してなかった……」

そうか。今日、雅美先生じゃないのか……。帰ろうかな……。

残念な気持ちが伝わってしまったのか、久住さんはジト目で俺のことを見る。

「雅美先生のことも好きなんですか？　気が多いなぁ。浮気する男はどうかと思いますよ」

「失礼か……。そもそも、蟹江さんともまだ付き合ってない」

「でもぶっちゃけ雅美先生のことタイプですよね？　女上司さんとどことなく雰囲気似てますし。……あっ、そっか！　わかった！　星川さん、パッと見は格好いいけど、中身は可愛らしくて守ってあげたいタイプの女の人に弱いんですね……」

「ほっとけ」

人の好みを分析するのはやめていただきたい。しかも絶妙に当たっているからタチが悪い……。

久住さんの言う通り、蟹江さんと雅美先生はタイプが似ている。見た目は凜々《りり》しく気が強そうでいて、中身は女性らしい。言われてみればそうかもしれない。俺がそういう女性に心惹《ひ》かれやすいのは確かだ。

どうしてそうなったんだっけ？　と思い返せば、心に浮かぶのは……高校時代の黒歴史。

（……いや、思い出すのはやめておこう）

もう十年以上も前のことなのに胃がきゅぅっと苦しくなる。これは眠らせておいたほうがいい記憶だ。忌々《いまいま》しい。あんなことがあったから、俺の好みの女性のタイプは今みたいになったんだろう。俺は、凛々しくて媚《こ》びない女性が大好きだ。

久住さんは俺の好みからは一八〇度かけ離れたあざとい笑顔（一般的にはたぶん可愛い）で、マイペースに話を続けている。

「でも、今は女上司さんを頑張るんですよね？　シンガポール転勤に向けた英語の勉強のほうはどうです？」

「……まああかな」

最初のレッスンで悲惨な英語力を披露《ひろう》した俺に、〝これは初歩からだな〟というように雅美先生が用意していた教材をこっそり隅っこに移したことを俺は知っている。久住さんには絶対に言わないが。

これ以上深掘りされたら困る。なんとか話題をそらすなり、ここから立ち去ってもらうなりしなければと考えていると、久住さんのほうから話題を変えてくれた。

「海外勤務か～」

「……うん？」

久住さんは眠いのか、椅子に座ったままその場で伸びをしていた。制服のシャツの裾《すそ》が浮く。臍《へそ》が見えそうでヒヤヒヤする。

「いえ。〝バリキャリ！〟って感じだなぁ～と思って。英語を駆使して海外で働くって格好いいですよね」

「ああ、うん」

同じ女性から見ても憧れがあるんだろうか。久住さんの言葉に嫌味はなく、純粋に〝格好いい〟と思っている風だ。受験を控えて人生の岐路に立たされている彼女には、蟹江さんがひとつのロールモデルに見えるのかもしれない。

率直な感想を漏《も》らす久住さんは歳相応の女の子に見えた。

「……久住さんはAO入試のために英語勉強してるんだよな。英語系の大学に行くの？」

「私のことはどうでもいいんですよ！」

「ええっ……」

容赦《ようしゃ》なくシャットアウトされた。人のことは根掘り葉掘り訊いてくるくせに自分のことはほとんど話そうとしない。ちょっと歩み寄ろうと質問をしてみたのに、スルーされて俺がバカみたいだ。

久住さんは自由に自分が話したいことだけを話す。

「女上司さんの行動がちょっと意外でした」

「はあ……意外……？」

興を削《そ》がれて気のない声を出しつつ、話しかけてくる彼女を無視することができずに。

「女上司さん、見るからに自立してるじゃないですか。女性であの若さで昇進されてて、身だしなみも隙がなくて完璧っていうか……」

「うん……？」

何が言いたいんだ？

久住さんは膝の上のスクールバッグを抱き、自分の頭の中を整理するように話し続ける。

「誰かに〝付いてきて〟って言うタイプには見えないんですよね。星川さんの恋に落ちた瞬間を覗いた時に、女上司さんがそう言っていたのは見たんですけど、違和感があって……」

「……違和感、か」

〝そこまで詳細に覗いてんじゃねぇよ〟と思ったが、彼女の言う〝違和感〟が気になった。

確かにそうかもしれない。蟹江さんは自立している。英語も堪能《たんのう》だし、自分で居場所をつくっていく順応力もある。サポートの人間なんていなくても一人で難なくやっていけそうだ。

それなら俺に〝一緒に来て〟と言った理由は……。

「……自分のためじゃなくて、人を連れていけばそいつの経験になると思ったからじゃないか？」

「それはつまり、女上司さんは星川さんに海外赴任を経験させたくて〝一緒に来て〟と言ったと？」

「たぶん……」

っていうか、まだ正式に「一緒に来て」とは言われてないんだけど……。

あの時は「なんてね」と言って濁されてしまった。きっと俺の心の準備ができていないことを感じ取ったからだ。俺は一刻も早く、〝準備はできてますよ！〟とアピールしなければならない。そのためにもとにかく英語を日常会話ができるレベルに……。

久住さんには口が裂けても言えないが、蟹江さんが俺を好いていて傍に置きたいと思ったという……可能性は……ないですかね？　やっぱり。それはさすがに自惚《うぬぼ》れすぎか。

「そうなんですかねぇ……」

釈然としない様子の久住さん。何がそこまで納得いかないのか。

すっきりいっていない様子だがタイムリミットだ。もうそろそろ俺のレッスンが始まる。教室に移動しなければ。

「じゃあ、久住さん。気をつけて帰れよ」

そう言って休憩室を立ち去ろうとしたら、座ったままの久住さんからじっと見つめられた。……なんだ？

たまに彼女はこんな風に俺の顔を凝視《ぎょうし》する。澄んだ瞳を向けられると居心地が悪い。彼女の目は、何か特別なものを映していそうな気がして。

しばらく黙って見つめ合っていると、彼女のほうが口を開いた。

「……星川さんも、帰りはお気をつけて」

「え？　ああ……」

やけに力のこもった言葉。そんなに真剣に言われると、逆に何か起きそうなんだけど。何のフラグだよ……。

内心ビクビクしていたら、久住さんはコロッといつもの無邪気な笑い方に変わった。

「早く自信をつけて、女上司さんに告白しましょうね！」

「……なんでそんなに人の恋愛に首を突っ込んでくる……」

「それが私の使命だと思ってるので！」

（Thank you for nothing……）

先週覚えたばかりの英語で、心の中でお断りした。


久住さんに週三で絡まれる日々が始まって半月が経《た》った。蟹江さんの海外転勤まで残り二カ月半。とうとう、第二営業部の三十名が出席する部会で情報が公《おおやけ》となった。

栄転を喜ぶ声と共に、蟹江さんを慕《した》う一同からは「行かないで蟹江さん……！」と別れを惜しむ声があがった。

その中でひと際、印象的な反応を見せたのは——小田原だ。第二営業部の面々がそれぞれ喜びなり悲しみなりを口にする一方で、小田原だけはぽかんと口を開けたまま何も言おうとしない。明らかに驚き、ショックを受けている反応。

半月前に知っていた俺はこのとき、さすがに優越感よりも複雑な気持ちが勝った。

(今の今まで、小田原にも言わずに……?)

渦中の蟹江さんを見る。注目されることに恐縮して頬を赤く染め、「行ってきます」と照れながら答えている。小田原の反応が気にならないのか？　彼女は小田原のほうを見向きもしなかった。何かが変だ。

いっそ、蟹江さん自身に真意を尋ねてみるか——。

月が変わって残業禁止令が解けた俺は週三回の英会話スクールには通いつつ、残りの火・木に終電ギリギリまで仕事をしてバランスを取っていた。ワーカホリックな蟹江さんは基本的に遅くまで会社にいることが多いし、深夜残業で周りに人が少なければ質問をするチャンスもあるだろう。

それにそろそろ……誰が蟹江さんに付いてシンガポールに行くのかという話も、はっきりさせなければ。

目論見《もくろみ》通り、木曜日の残業時には蟹江さんもいた。夜の九時過ぎ。ここ、新規開拓チームにも、パーティションの向こうの営業部にもほとんど人が残っておらず、フロア一帯はパソコンのキーボードを叩く音と暖房の音、コピー機が紙を吐き出す音なんかで満たされている。

蟹江さんはコピー機の前で印刷が終わるのを待ちながら、出力された紙に間違いがないかをチェックしていた。

ひとつ、都合の悪いことがある。

（小田原、早く帰んねぇかな……）

お前がいたら〝転勤のこと、先に小田原に言わなかったんですか？〟なんて訊けねぇだろ……！　そんな俺の目的を小田原が知るよしもないので、彼は斜向《はすむ》かいの席でバリバリと仕事をしている。まだ当分帰宅する様子はない。

第二営業部の新規開拓チームの島には、蟹江さんと、俺、小田原の三人だけが残っている。蟹江さんに「二人で帰りましょう」なんて突然言ったら他意ありまくりな感じになるし、「あっちで打ち合わせしませんか？」と遠くへ行くのも不自然だ。近くには空いている打ち合わせスペースが十分にある。

（どうしたもんかなぁ……）

俺は手を動かして自分の提案書を完成させる傍ら、画面と交互に蟹江さんの横顔を見ていた。コピー機の前で姿勢良く、天に伸びるように真っ直ぐ立っている。最近では彼女に対して〝可愛い〟と感じることも増えたが、凛とした雰囲気には今も憧れている。

様子を窺《うかが》っていたはずが、段々目の保養的にぼーっと眺める視線に変わっていった頃――不意に、蟹江さんの体がグラッと揺れた気がした。

（ん？）

倒れかけたように見えたが、次の瞬間にはきちんと立っていた。……見間違い？

（え……でも……なんとなく、顔色も……）

いつもに比べ、青白い顔をしている気がする。先入観？　最近、蟹江さんは海外転勤前の残務処理で遅くまで残っているから、疲労が溜まっていてもおかしくないという……。でも気のせいかもしれない。照明は点いてはいるが、それでも昼間よりはやっぱり薄暗いし。元気な人に向かって「顔色悪くないですか？」なんて言うのも失礼だよな。

（どうしよう……）

俺が迷っている間に、小田原がサッと席から立ち上がった。彼は迷いのない足取りで蟹江さんに歩み寄り、声をかけていた。

「蟹江さん」

「……え？　なに？」

「顔色が悪いです」

……おお。

恐れずズバッと言い切った小田原に感心してしまった。

そっか。そうだよな。〝違うかも〟と思って不調を見逃すくらいなら、失礼でも指摘したほうがいいか……。少しだけ、すぐに声をかけなかったことを後悔した。

そして俺は、二人の会話に密かに注目した。蟹江さんの海外転勤がオープンになって以来、二人がこんな風に言葉を交わしているのを久しぶりに見るような気がする。

当の蟹江さんは見慣れた微笑をたたえ、小田原の指摘を否定する。

「そう？　化粧が剝《は》げてるからそう見えるのかなぁ」

「今日はもう帰られたほうが……」

「いえ、平気です。調子も別に悪くありません。心配してくれてありがとう」

「しかし……」

「私のことは気にしなくていいので、自分の仕事に戻って。小田原くん」

「……はい」

小田原は渋々引き下がった。ちょっと同情する。ああも頑《かたく》なに否定されたら、確かにあれ以上は踏み込めないよな……。

でも本当に気のせいだったんだろうか。俺も小田原も感じていたくらいだから、蟹江さんはやっぱり体調が優れないんだと思ったんだが。

（……無理をしてる？）

その後、三人だけが残っている新規開拓チームは各々《おのおの》の仕事に戻り、再び沈黙が訪れた。

俺の右側斜向かいに小田原。左側、同じ列に二人分の席を空けて蟹江さん。微妙に離れた席で、それぞれが今何をして、何を思っているのかはよくわからない。

時間だけが過ぎていって、間もなく夜の十時。蟹江さんが自分の席から立ち上がった。

〝帰ることにしたのか〟と内心ホッとしていると、そうではなく、彼女は自分のバッグから長財布を取り出してツカツカと執務エリアから出ていった。飲み物を買いに行くらしい。

（まじか……）

まだ仕事するつもりなんだ。さすがに心配になる。

ちらりと小田原に目をやる。視線に気付かれてしまい、静かな声で「なんですか」と尋ねられた。

「いや……なんでも」

そこは追わないのかよ、とじれったく思った。いや俺が追うからいいんだけど。蟹江さんと二人で話せるせっかくのチャンスだし、俺が行きますけど！

ポケットの中に小銭があるのを確認して席から立ちあがり、蟹江さんの後を追って執務エリアを出る。既に電気が消されている廊下を進む。コーヒーサーバーが置かれているリフレッシュスペースへ。

（あ、いた）

予想通り、蟹江さんはリフレッシュスペースのコーヒーサーバーの前で腕を組み、紙コップへの抽出が終わるのを待っている。人の目がないことに油断しているのか、珍しくぼんやりしている。

「蟹江さん」

驚かせないように控えめに声をかけた。彼女はハッとして、俺に気付くなり柔らかい笑顔をつくる。その表情はやっぱり、少し無理をしているように見える。

「びっくりした、星川くんか。お疲れ様」

「お疲れ様です。……蟹江さん。小田原も言ってましたけど、ほんとに体調悪いんじゃ……」

「そんなことないわ。失礼だな〜私の顔ってそんなに疲れて見えるの？」

案の定、蟹江さんは穏やかに笑って受け流そうとする。小田原が指摘しても、俺が指摘しても効果がない。人の言葉には左右されないし、どう振る舞うかはいつも自分の信念で決めている。――たった一年ほどだけど、彼女の下で働いていたから知っているんだ。蟹江さんはいつも、こっそり、人知れず無理をする。

自分の上司ながら〝その癖はなおしてほしい〟と思う。でも努力家なところは素直に尊敬する。同時に、そういうところがとても可愛いと思う。

少し無理して笑っている顔を見ていると胸の奥が絞られた。自分の体の左右でぎゅっと拳を握る。伝えるなら今かもしれない。

「あ、星川くんもコーヒー淹れに来たのよね。ごめん、次どうぞ――」

抽出の終わった紙コップを持ち上げる蟹江さん。そそくさと執務エリアに戻っていこうとする彼女の目をじっと強く見つめた。簡単にはそらせないほど、強く。

「……星川くん？」

不思議そうな顔をした蟹江さんのショートカットがふわりと揺れる。

少し吊り目がちに見えるメイク。たぶん地の顔はものすごく優しくて、舐《な》められないためにわざとキツく濃いめの化粧を施《ほどこ》しているんだとわかる。真ん丸な目は、年上に対してこんな感想は失礼かもしれないがとても可愛いと思った。

憧れがこんな風に恋になるなんて。

「蟹江さんは……やっぱり誰か連れていったほうがいいと思います。シンガポールに」

緊張しすぎて声が震える。背中からヤバイくらい汗が噴き出してくる。リフレッシュスペースは暖房がなくて寒いくらいなはずなのに、ムワッと暑い。頰も熱くなっていく。

蟹江さんも俺の様子がおかしいことに気付いたのか、少し緊張した顔をしている。

「どうして？」

「すぐに無理をするからです」

こんな高揚感はいつぶりだ。高校生のときか？　好きな人に告白をする瞬間の、膝が笑ってへたり込みたくなるくらいの恐怖。早く打ち明けて楽になってしまいたい焦り。緊張しすぎて意味もなく笑いだしそうになる。心臓が痛すぎて、〝いっそ殺してくれ！〟とすら思う。

いい大人なんだからちょっと落ち着こう。懐《なつ》かしい高揚感には今は少し蓋《ふた》をして。

俺は荒くなる息をぐっと抑え、蟹江さんに順序立てて話す。

「蟹江さんが、すぐに無理をするから。だから、蟹江さんには、あなたが無理していることを察して、多少強引にでも手を止めさせるストッパーが必要なんじゃないかなって……」

こちらを見ている可愛い瞳が更に丸くなる。

「なにそれ。まるで私、子どもみたいじゃない」

声は笑っているが少し心外そうだ。

違う。怒らせたいわけじゃない。

「〝子どもみたい〟だなんて思ってません」

「……星川くん？」

伝えたいのはその先。――言うんだ。「俺が付いていきます」って。〝心の準備はできている〟と。〝英語も習い始めて、二カ月後までには最低限なんとかするつもりだ〟と。はっきりと「俺が支えます」って宣言するんだ。

――そして、彼女に「好きです」と言う。

「……あのっ！　蟹江さん、俺っ――――」

この歳になって、こんなにちゃんと〝告白〟をするなんて思わなかったな。恋すらもういいと思っていた。でももし恋をすることがあったとしても、大人なんだからもっと自然な流れで、それこそ「好きです」なんて言わずにいつの間にか付き合うものだと、漠然《ばくぜん》と。

「俺っ――蟹江さんのことがッ……」

声が裏返りそうなのを我慢して、一息で言ってしまおうと思った。

しかし、俺が言葉を届けたかった蟹江さんはこっちを見ていなかった。こっちを振り向くことなく――グラッ、と脚から崩れていく。

「あ!?　危ないッ……！」

思い切り腕を伸ばすと倒れる寸前の蟹江さんの後頭部に手が届いた。立ったまま脚から崩れ、後ろに転倒しそうだった蟹江さんを間一髪で抱きとめる。床には淹れたばかりのコーヒーがまき散らされ、紙コップがころころと転がっていく。

「蟹江さん……！」

突然目の前で倒れたから動揺した。後頭部を手で支えながら彼女の顔色を確認する。

（……眠ってる？）

気を失っているが呼吸は正常。このところずっと忙しそうにしていたから、やっぱり過労か……。

幸いなことにコーヒーは彼女の体にはかかっておらず、火傷《やけど》の心配はなさそうだ。

「どうしたんですか！」

小田原が血相を変えてリフレッシュスペースにすっ飛んできた。蟹江さんが倒れた瞬間に俺が大声をあげたから、〝何事か〟と思ったのだろう。コーヒーサーバーの前で俺に支えられて意識を失っている蟹江さんを見るなり、小田原は駆け寄ってきて膝をついた。

顔面蒼白《そうはく》な彼に向かって説明する。

「やっぱり具合が悪かったみたいだ。話している最中に気を失って――」

「明らかにそうでしたよね。脈は……」

言いながら小田原は蟹江さんの手首に指を当て脈を見た。心配で顔を青くしているが、対応は案外冷静だ。小田原は蟹江さんの脈が正常なことを確認し、俺に尋ねてくる。

「頭は打っていませんか？」

「ああ、それは大丈夫。床に落ちる寸前に間に合った」

答えながら手のひらで支えている後頭部に目をやる。小田原は安心して頷く。それから彼はテキパキと今後の対応を決めた。

「ひとまず、蟹江さんは俺が自宅に送ります。タクシーを呼んで、それからすぐ池田部長に連絡しましょう」

「あ、ああ……」

小田原が力強く自然に「俺が自宅に送ります」と言ったから、口を挟む隙もなかった。

その役割は別に俺でもいいんじゃないか。でも、そんな役を取り合うような状況じゃないか——と、膝をついて蟹江さんの体を抱きかかえて後頭部を支えたまま、冷静になろうとしていたとき。

（……あ）

——唐突に、理解した。

（そういうことだったのか……）

あらためて蟹江さんの顔を見る。最近ふとした瞬間に曇りがちだった彼女の表情は、気を失ったことで緩《ゆる》み、あどけなくなっていた。——蟹江さん自身の転勤にまつわる悩みは、俺が考えているほど単純なものじゃなかったみたいだ。

「……小田原」

「はい？」

タクシー会社に電話をかけ、スマホを耳に当てている小田原がこちらを見る。既に発信中で、相手方が電話に出るのを待っている状態。

俺は迷った末、弱々しく口にする。

「……蟹江さんのこと、頼むよ」

「え？　あ、はい」

彼が〝さっき俺がそう言いましたよね？〟と不思議そうな顔をしているうちに、タクシー会社が電話に出て、俺たちの会話は中断された。

蟹江《かにえ》さんは翌日一日だけ有休を取り、その次の週からは通常どおり出勤していた。やはり過労が原因だったらしく、転勤までに自分の業務を一段落させようと詰め込みすぎた結果だという。

「ごめんなさいね、星川《ほしかわ》くん。あなたにも迷惑をかけてしまって……」

復帰してまず最初に蟹江さんはそんな風に謝り、すぐ通常運転に戻っていた。顔色はもう悪くはなさそうだったが、相変わらず気の晴れない、息苦しそうな表情をしている気がした。

小田原《おだわら》と蟹江さんの間も、相変わらずどこかよそよそしいままだった。小田原が彼女を送り届けたあの夜、蟹江さんは途中で目覚めたのか、二人の間に何か会話があったのかはわからない。なんとなく、尋《たず》ねることもできなかった。小田原と蟹江さんはよそよそしい雰囲気を残しつつ、仕事のことについては滞《とどこお》りなく話をしていた。

——そして俺はというと、英会話スクールを金曜・月曜と連続して休んでいる。

（久住《くずみ》さん、俺が来ないこと気にしてるかな……）

それは自意識過剰《かじょう》か？

毎週、月水金の三日はスクールの休憩室で顔を合わせていた。いつも、彼女の高校生コースのレッスンが終わってから、俺の短期集中コースが始まるまでの時間に話をしていた。だから彼女は自分のレッスンの後、俺がやってくるのを少し待ったりしたかもしれない。

……いや。行動派な久住さんのことだから、すぐに事務の人に俺から欠席連絡がきてるかくらい確認するか……。

あの英会話スクールは、このまま退会しようかと考えている。

そうすると、久住さんとはもう会えなくなるかもしれない。彼女とは今も連絡先を交換しないままだ。何度か教えろとせがまれたが俺が頑《かたく》なに拒否した。だって教える理由がないし。

たぶんもう、このまま一生会わない気がする。最初に会った駅のホームだって、あれ以降は彼女を見かけないし、その後再会することになった喫茶店だって、たまたま寄っただけで普段は立ち寄らない。俺と久住さんの動線は恐らく合わない。

（清々するな）

もう会わなくて済むなら、それが一番いい。

最初から迷惑だったんだ。周りの目を気にせず無遠慮に触れてきてどんどん距離を詰めてきて。何がどうなればオッサンが女子高生に恋愛相談することになるんだよ。おかしいだろ。

思い返せば思い返すほど、この一カ月ほどの交流はおかしかった。


「お疲れ様です」

定時をとっくに過ぎた夜の八時半。俺は第二営業部の先輩たちに声をかけた。「おう、お疲れ」と返ってきた挨拶《あいさつ》に会釈《えしやく》してオフィスを出る。廊下ですれ違う同僚たちとも挨拶をしながらエレベーターホールへ。さほど待たずにエレベーターがやってきて一階まで。

週も半ばの水曜日。普段なら、水曜日は遅くとも六時過ぎには会社を出て英会話スクールに行っているはずの日。今頃はもうレッスンを終えてスクールを出ている時間だ。今日は昼過ぎに事務の人に電話を入れ、〝残業になりそうなので今日も欠席します〟と伝えていた。

俺にはもう、英語を勉強するモチベーションがない。やる気がないなら手数料がかかっても残金を返却してもらうべきだ。馬鹿にならない授業料がかかっているのだから。――でもそれすらも決断できず煮え切らないでいる。

（アホだよなぁ……）

そういうとこだぞ、とまた自分に突っ込んだ。誰もいないのを良いことに「あー……」

と情けない呻《うめ》き声をあげ、会社のビルの外に出る。

「っ……さっぶ」

冬のビル街を吹き荒《すさ》ぶ風はかなり冷たくて、ビルから一歩外に出ると外気の寒さにぶるっと身震いした。バッグからマフラーを取り出し、首にぐるぐる巻きながら、ビルの正面玄関から歩道までの短い階段を下りようとした——その時に。

「え」

階段の隅に体育座りをしている女の子の後ろ姿が見えた。

いやいや。

……いや。いやいや。

「………………久住さん？」

名前を呼ぶと〝ピクッ〟と背中が反応し、首の上に載《の》った小さな頭がゆっくりとこちらを振り向く。彼女の鼻の頭は、寒さのせいか真っ赤になっていた。

俺は信じられない気持ちでその場に立ち尽くす。

「……え、きみっ…………なんでここが……」

もう会えない予感がしていた。〝清々する〟と自分に言い聞かせつつ、それでももう二度と会えないとしたら寂《さび》しいかもしれないな、と心のどこかで思っていた。でもいざ目の前にするとただただ、驚愕《きょうがく》しかない。

久住さんは俺を認識するなり立ち上がって、階段に接していた尻をパンパンと叩いた。スカートが揺れる。砂埃《すなぼこり》が舞う。

こちらを見る久住さんの目は少し怒っていた。

「前に星川さん喫茶店で、社名が入った紙袋を持ってらっしゃったので」

スクールバッグを肩に掛けてこちらに歩み寄り、淡々と質問に答える。

なるほど、そうか。あの時は得意先アポの帰りだったから確かに会社の紙袋を持っていた。社名で検索すれば会社の所在地なんて簡単にわかるだろうし、彼女がここに辿《たど》り着いても不思議じゃない。

（……いやいやいや）

不思議なのはそこじゃない。〝なんでそこまでするのか〟ってことだ。なんでわざわざ会社の場所を調べて、こんな、寒い冬空の下で待ってまで――。

「あの女上司さんのこと、諦《あきら》めるんですか？」

身長差によって俺の顔の下側から、〝ずずい〟と顔を近付けて迫ってくる。なまじ美少女なので迫力がある。久住さんは厳しい顔で凄《すご》み、当初の努力をやめた俺のことを責めた。

……それはわざわざ、ここまで来て俺に言わなきゃいけないようなことなのか？

「……おい。待て、待て。顔を近付けるな」

忘れてはいけない。ここは会社のビルの正面玄関だ。

彼女の細い肩を押し返して距離を取る。こんなところに彼女が押しかけてきたことにはまだ戸惑《とまど》っている。率直に言って怖い。何がここまで久住さんを突き動かしているのか、まったくわからないから。

「ここで何してる?」

「わかるでしょう! 星川さんを待ってたんです。あなたがスクールをズル休みするから!」

「ズル休みって勝手に決めつけるな。それで、俺に会ってどうするつもりだったんだ……」

どれくらいの時間ここにいたのかは、怖くて尋ねられなかった。俺は何も悪くないはずなのに、真っ赤になった鼻を見ていると罪悪感が湧いてくる。

優しくしちゃいけない……と思いつつ、寒そうな久住さんを見ていられなかった。自分の首からマフラーをはずし、彼女の首にかけてぐるぐる巻きにする。

久住さんはされるがままでポカンとして、その表情のまま話した。

「……そんなの、もちろん、説得に来たに決まってるじゃないですか」

「説得って、何をだよ」

「告白ですよ」

少しの曇りもない目で真っ直ぐに見つめてくる。自分の言っていることが正しいと信じて疑わない。俺が巻いたマフラーの上にちょこんと載った顔には〝純粋〟という言葉がよく似合う。

久住さんはマフラーを貸してもらうのが予想外だったのか少し動揺していた。御礼を言いそびれていることを気にするようにマフラーに触れて口をパクパクさせている。そしてなんとか「これ、ありがとうございます」と言葉を挟み込んできた。

俺は大きくため息をつく。

「なんで告白の説得なんか……」

「星川さんが英会話スクールをサボるってことは、海外勤務は諦めようとしてるってことですよね？」

「だから決めつけるな。俺は残業で忙しくて――」

「女上司さんに振られたわけでもないんでしょう？　ぶつかる前から諦めて、それをスクールで私にやいやい言われるのが嫌で避けていたんですよね？」

エスパーかよ。

いやもう、勘弁してくれよマジで。なんでこんな、自分よりずっと年下の女の子に咎《とが》められているんだろう。

この感覚は子どもの頃に味わったことがある。この感じは……小学生の頃、点数の悪いテストの答案を机の引き出しの奥にぐちゃぐちゃに押し込めて隠し、それが母親に見つかって怒られたときの気持ちに似ている。バツが悪い。恥ずかしい。テストの点数よりも隠してしまったことが。

今でいうなら、恋がうまくいっていないことより、それを隠そうと久住さんを避けていたことが。決まりが悪く、恥ずかしい。

俺はぽりぽり頭を掻きながら答えた。

「あのさ……もう放っておいてもらえないかな。蟹江さんのことはもういいんだよ」

「なぜ？」

〝なぜ？〟

どうして理由をきみに突っ込まれなくちゃならない。

年下の女の子相手に声を荒らげることもしたくないし、早くこの会社の前から移動したい。そんな気持ちでイラつきをなんとか抑えつけて平静を装っていた。

あくまで穏便に。久住さんには諦めてもらって、帰ってもらおう。俺はおどけた笑顔をつくった。

「なぜって、そうだなぁ……〝目が覚めた〟って感じかな。やっぱり蟹江さんは俺には手の届かない人だったっていうか、無茶だったかなぁって」

「今更高嶺《たかね》の花だって気付いたんですか？　バカですね！　最初からつり合いは取れてま

せんでしたよ！」

「ひどすぎる！」

そんな風に思ってたのか！　あれだけ人の背中を押しておいて!?

自分で自分を落としておいてなんだが、久住さんの言葉には度肝《どぎも》を抜かれた。あらためて人から言われるとショックがでかい……！

〝つり合いはとれてなかった〟と言うくせに、久住さんは性懲《しょうこ》りもなく、一貫した主張を繰り返す。

「それでも告白はするべきです」

怖いほどまっすぐで、場違いに〝美しいな〟とすら思ってしまう瞳で。

「勝機が一ミリもなくたって想いは伝えるべきです。可能性がゼロに等しくても、必ず玉《ぎょく》砕《さい》するとわかっていたって告白はするべきです。――そうじゃないと絶対に、後悔する」

「……いや……」

一瞬気圧《けお》されてしまって言葉に詰まった。

冷静に考えれば、彼女の言葉はただの理想論だ。〝想いは伝えるべき〟なんて情操教育の教科書にでも出てきそうな文言じゃないか。それは正しいのかもしれないけど、例外もあるだろ。伝えないほうが正解のときだってある。

〝絶対後悔する〟なんて言葉も、絶対なんてない。告白せずに終わった恋だって、時間がだろう。

経《た》てば〝そんなことあったっけ？〟となるほど薄れていくこともある。それはそれで正解
　彼女の主張は極論すぎる。

　久住さんにはその自覚があるのか、ないのか、力強く訴えてくる。

「大丈夫です！　告白して振られたからって死にゃあしません！」

「うん。そりゃ死なないだろうけど……」

　なんでこんなに告白するよう迫ってくるんだ……？

　久住さんはどうしても俺に、蟹江さんに告白させたいらしい。

（なぜ……？）

　どうして人の惚《ほ》れた腫《は》れたにここまで関心高くいられるんだ。ついこの間駅のホームでたまたま出会っただけの俺相手に。それとも久住さんは、他の人にも見境なくこうなのか？

〝告白して振られたからって死なない〟と力説されても……。

「俺は別に、振られるのが怖いから蟹江さんを諦めたわけじゃないよ」

「……そうなんですか？」

　久住さんの目が不思議そうに丸くなる。完全に俺を〝ビビってる腰抜けだと思っていた〟という顔だ。腹立たしい。別に彼女にどう思われたっていいけども。

「それならどうして諦めたんですか？」

　本当にそんなことが知りたいか？　他人のことだぞ。恋バナがしたいなら学校でやってほしい。

　俺は少し強めの語気で答えた。

「久住さんには関係ないよ」

「ここまできたら関係あります！　休憩室でいっぱい相談にのったじゃないですか！」

「きみが無理矢理訊《き》きだしてきたんだろ」

「でも！」

「俺がきみに〝協力してくれ〟って頼んだか？」

　威勢よく反論していた久住さんが確かに怯《ひる》んだ。一瞬眉を顰《ひそ》め、口を閉じ、怪訝《けげん》な顔で俺を見た。少し傷ついたようにも見えた。

　このまま押し切ろうと一気に畳みかける。

「自分の独りよがりだって自覚はあるんだよな？」

　純粋な瞳が大きく見開かれ、俺の言葉が確かに刺さっている手応《てごた》えがあった。狙《ねら》って心を挫《くじ》く言葉を選ぶのは大人げない気もしたが、俺が言わなくてもどうせ誰かが言っただろう。猪突猛進《ちょとつ》な彼女は、きっとこのままで大人になることはない。どこかで否定され、挫かれて、自分の信念が間違っていたかもしれないと疑って、それで適度に丸くなり、大人になっていく。

そういうものだろ。

(俺だってそうだっただろ)

自分を省《かえり》みながら彼女に言葉を投げかけた。わざとらしく呆《あき》れた声を出して。

「久住さんはやりすぎなんだよ……。自分勝手な価値感で、周りに迷惑をかけるんじゃない」

彼女は完全に口を閉ざした。〝迷惑だ〟とここまではっきり言えば、さすがの久住さんも考え直すはずだ。自分の行動や立ち居振る舞いにおかしなところはなかったか、振り返るはず。

やれやれ。

(大人の役割ってのも楽じゃないな……)

そう思いながら、久住さんの肩を叩いて移動を促そうとした。もうそろそろ誰か他の社員が出てきてもおかしくない。

「久住さん。ほら、とりあえず駅に――」

俯《うつむ》く彼女の表情は見えない。ただ、膝《ひざ》のあたりに下ろした腕の先で手が固くグーに握られていて、小さく震えていた。……怒ってる？　それとも悔しがってるのか？

十代の考えることがまったくわからん。気持ちが読めないから顔を下から覗《のぞ》き込んでしまおうか迷っていた。そしたら、黙り込んでいた久住さんから微《かす》かな声が漏《も》れ聞こえてきた。

「……伝えなかった気持ちは、なかったことと同じなんです……」

──性懲《しょうこ》りもなく。

大人でいようとしていたつもりが苛立《いらだ》ってしまった。危うく舌打ちしそうになる。

久住さんの〝告白することがすべて〟と思っている考え方や、伝えなかった想いをすべて否定するような考え方が癇《かん》に障《さわ》る。

（そんなことねぇだろ）

なんできみに、勝手に〝なかったこと〟にされないといけないんだ。

不意に湧いた反発心が止められず、心の中で狂暴な感情を持て余し、溢《あふ》れた分が鋭利な言葉になる。

「お前の理想を押し付けるな」

言葉を放った瞬間から後悔は始まっていた。彼女に「お前」と言ってしまった。もう

〝大人〟でもなんでもなかった。言われたから言い返してしまっただけの子どもじみた発言だ。聞き流せばよかったものを、みっともない。

俺の言葉に弾《はじ》かれるように久住さんは顔を上げた。近い距離で目が合う。――じわっ、彼女の瞳に涙が溜《た》まっていく。

俺は焦《あせ》った。

（……………おいおいおいおいおい！）

泣く？　……えっ、泣くのか？　まさか⁉

目の前で、今にも女子高生が泣き出そうとしている。

しかも俺の言葉によって。

（やばいやばいやばいやばいやばい！）

罪悪感が半端《はんぱ》ない！

「うぉ……ちょっと、久住さん……！」

「うっ……うう ーっ……！」

久住さんは可愛い顔をくしゃくしゃにしたと思うと、泣き顔を見られまいと思ったのか俺の胸に突進してきた。ワイシャツの胸をぎゅっと摑まれ、服の上から顔を擦《こす》り付けてくる。

（えらいこっちゃ……！）

こんな現場。会社の目の前で女子高生を泣かせているなんて、他の社員に見られたらなんて噂《うわさ》されるかわかったもんじゃない。

早々に泣き止《や》んでもらって、一刻も早くここから離脱しなければ……！

「ま、まあ！　高校生の頃は突っ走るもんかもしんないけどさ。俺だって人のこと言えないくらい、昔は――」

なんとかフォローしようと昔話を始めたが、この話にオチはあるのか？　早速不安になっていると、俺の胸で泣きじゃくっているはずの久住さんの手が不自然な動きをした。

（ん？）

「ヒック……」

聞こえてくるのは嗚咽《おえつ》。しかし、俺のワイシャツの胸を摑んでいた手はそっと離され、代わりに俺の後頭部へと伸びてくる。

（……まさか、こいつ……？）

しばらくそのまま泳がせていると、彼女の手はしっかりと俺の後頭部を摑み、嗚咽もピタリと止まった。

「……だあああ！　やっぱりか！　嘘泣きしながら視《み》ようとすんな！」

「チッ。バレましたか」

胸から顔を離した久住さんは、泣いてなどいなかった。それどころか舌打ちしてちょっとゲスい顔をしている。さっきの泣きそうな顔をしてたのは演技なのか？　女優なのか？

「もしかして他に好きな人でもできたのかな？　と思って。それなら女上司さんを諦めるのも納得なんですけど。……でも今ちょっと覗いた感じ、そういうわけでもなさそうですよね？　視えたのはやっぱり女上司さんを好きになった瞬間でした」

もうやだ。このＪＫほんとに怖い……。

「勝手に人の恋愛を覗くんじゃないっ……！」

久住さんは俺が叱《しか》るのをひらりとかわすように階段を上って距離を取る。スクールバッグを後ろに回した両手で持って、くるりとこちらを振り返る。オフィスビルを背景に、スカートのプリーツと貸したマフラーの端が躍《おど》る。彼女は悪びれもせず言った。

「だって、どうしちゃったんですか？　わざわざ英会話スクールに通い始めるくらい本気だったのに、急に諦めるなんて。何かがあったとしか思えません」

「だから、きみには関係ないってっ……」

「そうです。関係ないですよ。でも、だから何ですか？」

……〝だから何ですか〟？

力強く身勝手な言葉に、今度は俺のほうが何も言えなくなってしまった。

寒空の下、二本の足で真っ直ぐ立って、久住さんは豪語する。

「私は星川さんの恋愛に興味があります。私は私の独りよがりで、自分勝手な価値感を振りかざして、自分の理想に従って、絶対に――あなたの恋を、中途半端で終わらせたりなんかしません」

（……暴君かよ）

清々《すがすが》しいほどのジャイアニズムに完全に言葉を失った。

驚いたのは彼女に〝自分勝手〟の自覚があったこと。意識的に他人の領域に踏み込んでお節介を焼ける人を俺は見たことがなかった。

もう一つ驚いたのは、さっきの俺の言葉では彼女の心をほんの少しも挫けていなかったこと。手応《てごた》えがあった気がしていたのに、久住さんは傷つくどころか〝それが何だ？〟と言わんばかりに開き直っていた。

〝若いから〟では説明がつかないハートの強さにこっちが畏縮《いしゅく》してしまう。これ以上、どんな言葉なら彼女を止められるのか、さっぱり想像がつかなかった。

「ひゃっ！」

「あ、こら！」

ビルと歩道を繋ぐ階段の上と下で対峙《たいじ》していると、不意に久住さんがバランスを崩した。背後で自動ドアが開いたので、それに驚いたらしい。

結果、彼女は前につんのめったところからなんとか体勢を立て直そうとして、逆に後ろに倒れていった。俺は手を目一杯伸ばすが――――届かない。

「あ、わ、わ……！」

幸い彼女は頭や尻を地面にぶつけることはなく、自動ドアの中から出てきた人間によって後ろから体を支えられていた。一瞬緊張で呼吸を止めていた俺は安堵《あんど》で深く息を吐き出し、彼女を支えてくれた相手に謝って御礼を言おうとしたが……相手の顔を見ると口を噤《つぐ》んでしまった。

「っ……ごめんなさい！　よそ見しててっ……」

「いえ、こちらこそ驚かせてしまって……お怪我《けが》は？」

「大丈夫です！」

久住さんは相手の手を借りて体勢を立て直す。そして、その相手は階段の下にいる俺の存在に気が付いた。まずい。

「……星川さん？」

やばいやばいとは思っていたが、ついに他の社員に見つかってしまった。会社の前なんだから当たり前だ。モタモタしていた俺が悪い。

久住さんを助けてくれたのは同僚の小田原だった。眼鏡の奥で目を丸くして、俺と久住さんを交互に見て不思議そうにしている。〝どういう関係だ……？〟と思っていることが、ありありとわかる。

久住さんは「ありがとうございます」と御礼を言って小田原の手を離れ、そして丁寧《ていねい》にお辞儀をしてこう言った。

「初めまして、星川明花《めいか》です。いつも兄がお世話になっています」

「ああ、妹さんでしたか。星川さんの同僚の小田原です。こちらこそお世話になっています」

……もうきみは完全に俺の妹設定でいくんだな。

彼女の口からすらすらと淀《よど》みなく出てきた嘘に遠い目をした。小田原は珍しく俺に感心した目を向けてくる。

「しっかりした妹さんですね。星川さんとは全然似てませんが……」

小田原よ、何が言いたい。

しかし小田原も完全に久住さんを俺の妹だと信じ切っているので、俺はなんだか〝もしかして自分には妹がいたのでは……〟という気になってくる。あまりにナチュラルに彼女が「星川明花です」と名乗るから錯覚する。

結局またもや彼女の機転のお陰で難を逃れた。〝星川には会社まで迎えに来るほどブラコンの妹がいる〟くらいの噂は立ちそうだが、それくらいなら痛くも痒《かゆ》くもない。〝女子高生と付き合ってる〟とか〝援交してる〟とか言われるより全然マシだ……。

小田原に目撃されたことで一時休戦。「今日は一緒に晩メシを外で食べる約束だったんだ」と言い訳をして小田原と別れ、俺と久住さんは少しクールダウンした状態で駅までの道を歩いた。

「晩御飯奢《おご》ってくれるんじゃないんですか？　もう夜も遅いから駅まで送るだけだ」

「うるさい。誰が奢るか。もう夜も遅いから駅まで送るだけだ」

「星川さんが女上司さんを諦めた理由は、さっきの眼鏡の男の人ですか」

ピクッと顔を揺らしてしまう。それを久住さんは見逃さず横目でしっかり捉《とら》えて、確信した状態で視線を進行方向に戻す。彼女との会話は本当に油断ならない。

「……さっきのあの一瞬で視たのか？」

「助けてもらっておいて覗くのはさすがにしたくなかったんですが、立たせてもらう時に手を借りた拍子《ひょうし》に視えてしまって……」

そういえば、後頭部に触れなくても視えるんだったか。視たいと思わなくても視えてしまうことがあるから、やっぱり難儀な能力だよなぁ。ちょっと同情する。

久住さんは浮かない表情で、言葉を選んで慎重に話しかけてくる。

「星川さんが気にすることないと思います。確かに、眼鏡の男の人も相当あの女上司さんを想ってるみたいですけど……それとこれとは、関係ないと思います。星川さんが自分の気持ちを伝えるかどうかは星川さんの問題です」

それならきみにも関係ない、と言いたかったが、また力強く反論される気がして言うのを躊躇《ためら》ってしまった。

突っ込みどころは他にもあったが、黙って彼女の話を聞くことにする。

「上昇志向のある女性って確かに魅力的ですよね。キラキラして見えるし、逆境にも立ち向かっていく姿って格好いいし、胸打たれてそれが恋になるのもわかるなぁって思います」

「……うん」

それは恐らく、久住さんが視た小田原の恋に、、、、落ちた瞬間の話だろう。俺が蟹江さんを〝いいな〟と思った理由と似通っていてこっそり苦笑した。同じポジションで働いていたんだから、そりゃそうか。

「〝憧《あこが》れ〟と〝恋〟もすごく近い位置にあるんだと思います。人間的に尊敬できる相手には〝自分を認めてほしい〟って思いますよね。そんな相手が自分を好きになってくれたらものすごく自分が価値あるものに思えるし、そういう人を好きになった自分のことが誇らしかったりして」

「ああ……」

そうだ。まさしくそんな感じだった。

ずっと蟹江さんに憧れていた。仕事ができて、みんなから信頼されていて。優しくて強い。スピリチュアルなものを信じているわけではないけど、〝この人の魂は綺麗なんだろうな〟と漠然《ばくぜん》と思う。そんな絶対的な魅力を蟹江さんに感じていた。そして、そんな蟹江さんに想いを寄せられる〝価値ある自分〟になりたいと願った。

久住さんの言葉は俺の気持ちを正しく捉えていて、同時に〝なんて自分本位なんだろう〟と思った。久住さんの口から語られた俺の恋愛感情は、結局は〝自分可愛さ〟に終始する。〝蟹江さんに恋し恋される自分〟に価値を見出《みいだ》し、そこに思いやりなんてものは少しもないな、と。

でもどうせ小田原だって同じだろう？

「でも……不思議です。あの眼鏡の男の人は、別に自分の気持ちが報《むく》われることには執着してなさそうなんですよね……」

「え？」

「人に恋をしたら〝自分〟が前に出てきて当然だと思うんですけど、あの人は違うんです。女上司さんに恋した瞬間も、強烈に思っていたのは〝この人にはずっとこのままでいてほしい〟ってことで」

「あ……そう、なんだ」

――俺とは違ったのか。

それでなんだかすとんと腑《ふ》に落ちた。妙にすっきりした気持ちになって、俺は久住さんに黙っていたことを打ち明ける。

「たくさんしゃべってもらっておいて悪いんだけどさ」

「はい？」

「俺、さっきのあの男……小田原、っていうんだけど。あいつが蟹江さんを好きだってことは、知らなかったよ」

「え!!」

久住さんはぎょっとした顔をこっちに向けて〝しくじった！〟と表情で物語っていた。

そうなのだ。ベラベラしゃべってくれるから黙って聞いていたが、俺は小田原の気持ちなんて知らなかった。〝小田原も蟹江さんを好きらしいから彼に譲ろう〟なんて殊勝《しゆしよう》な気持ちも一切持っていなかった。全部久住さんの勘違いだ。

「なんと……！　違うなら早く言ってくださいよ！」

「なんか気持ちよさそうにしゃべってるから……」

「バカみたいじゃないですかー！　しかも……わぁっ…………余計なことをしゃべりました」

珍しくシュンとしている。基準はよくわからないが、久住さんにも良心というものはあるらしい。散々人の恋を覗いておいて今更何を言っているんだ……？　とも思うが。

反省しているらしい彼女の頭上に言葉をかける。

「ああ、そうだ。人が内に秘めてる気持ちなんてベラベラしゃべるもんじゃない」

内に秘めているのは、そうするだけの理由があるかもしれないのだから。

「ううっ……でも……それならなんで星川さん、女上司さんのこと諦めてるんですか？ っていうか、本当に諦めるんですか……？」

あらためて訊かれると正直なところ困った。ついさっきまで小田原の気持ちを知らなかった俺は、〝自分に望みがない〟ということを知ってただ諦めるつもりでいたから。

でも今の久住さんの話を聞いて、ただ諦めるだけではいけないような気がしてきた。人の色恋沙汰《ざた》に干渉《かんしょう》をするものじゃないが……。

（……見て見ぬフリするのも後味悪いよなぁ）

前の自分だったら絶対に首を突っ込まない。〝気になる相手は脈がなさそう〟と結論付けてすぐに忘れていた。そんな恋すらも最近はご無沙汰《ぶさた》だった。更に他人の恋愛に干渉するなんてもってのほか。

――でも今回だけは、俺が黙って見ているだけよりかは、何か行動を起こしたほうが報《むく》われる人がいるような気がする。

（らしくない……）

この暴君ＪＫの熱血ぶりにあてられてしまったのかもしれない。

俺もたぶん、俺の独りよがりで、自分勝手な価値観を振りかざして、自分の理想に従って——何かをしたい気持ちになっている。

俺は不安そうに待っていた久住さんの質問に答えた。

「〝諦める〟なんて言うな。〝方針転換〟と言ってくれ」

「……方針転換？」

「蟹江さんに告白するよりも、海外に付いていくことよりも、もっと他にやりたいことができただけだよ」


次の日、俺はいつもより早く家を出て会社に出勤した。駅までの道で顔馴染《なじ》みのお年寄りたちから「どうしたのこんなに早く！」「珍しいな！」と口々に驚かれ、思った。つくづく、俺は〝らしくない〟ことをこれからしようとしている。

始業一時間前の執務エリアは清々しいほど静かだった。〝人がほとんどいない〟という点では深夜残業のときと同じだが、夜とは静けさの種類が違う。ガラス張りの窓から自然光が入るお陰で部屋全体が明るく、清らかな空間を創り出している。人の声が一切しないその場所で、〝カタカタカタカタカタカタ……〟と小さなタイピング音だけが断続的に聞こえていた。

集中して仕事をするにはもってこいな、清らかでひっそりとした空間に声を投げ入れる。

「おはようございます」

タイピング音がぴたりと止まる。早朝のオフィスで一人、俺が執務エリアに入ってきたことにも気付かないくらい仕事に没頭していたのは蟹江さんだ。彼女はパソコンのディスプレイから顔を上げると、意外そうな目で俺を見た。

「星川くんだ。おはよう」

「そんなわかりやすく〝珍しい〟って顔しないでくださいよ」

「ふふっ、ごめん。〝こんなに朝早く来る人だったっけ？〟って思っちゃって」

微笑んだ顔には憂《うれ》いがあったものの、先日よりだいぶ血色がいい。体調自体はもう良さそうだとほっとした。俺は自分のデスクに通勤バッグを置きながら、デスク二台分の距離を挟んで蟹江さんと話を続ける。

「蟹江さんこそ、今日はなんでこんなに早いんですか？」

「んー？　それは、ほら……この間私、倒れて迷惑かけたばかりじゃない。夜に残業してたら心配させちゃうでしょう」

尋ねたものの、わかっていた。蟹江さんはそういう人だ。人に気を遣《つか》わせまいと神経を配って、その分自分が苦労を被《こうむ》ろうとする。歯痒《はがゆ》くもあり、人間的に信頼できて好きだった。そういう人だとわかっていたから、俺はこんな時間に出社してきたのだ。

一度倒れてしまった蟹江さんなら、きっと夜に残業することは避けて朝早くに出てくると思っていた。

「家でやってもいいんだけどダラダラしちゃうし……早朝の静かなオフィスは捗《はかど》るしね。内線も鳴らないし」

そう言ってショートヘアを耳にかけて再びパソコンに向き直る蟹江さん。ストイックな横顔が凛々《りり》しい。

せっかくの仕事が捗る朝も、こんな風に話しかけられてしまうと台無しだろう。それでもこの機会を逃すわけにはいかない。俺はコートを自分の椅子の背もたれに掛け、蟹江さんの席まで歩いていった。そして許可も取らず、彼女の隣のデスクの椅子を引いて座る。

椅子を回し、体ごと彼女のほうを向いて。

「……星川くん？」

「朝来ても、睡眠時間を削ってしまっていたら結局一緒ですよ」

「なに？　急に。小田原くんみたいなこと言うのね」

苦笑され、蟹江さんの口から自然と小田原の名前が出てきたことにチクリと胸が痛んだ。

同時に、俺は俺がすべきことを確信した。

蟹江さんは急に隣の席に座った俺を邪険にすることなく、話があることを察して作業の手を止める。蟹江さんも体ごとこちらを向いてくれる。話を聞くときの姿勢。

俺は開いた両膝の上に肘《ひじ》を載《の》せ、少し項垂《うなだ》れた姿勢になった。ツルツルの床を見つめ、やっぱり目を見て話さなきゃなぁと自分を鼓舞《こぶ》し、決意して顔を上げた。座ったまま蟹江さんと見つめ合う。

「誰をシンガポールに連れていくか、もう決めたんですか」

傾聴の姿勢を取っていた蟹江さんは微動だにしなかった。俺がそれを質問すると予想していたのか、一瞬だけ何かを考える間があった後、彼女は質問に答える。

「そういえば、そろそろ返事しないと期限が来ちゃうな〜。もう一人でもいいかなって思ってるんだけどね。一人でもなんとかやっていけるかなーって」

彼女の口調は軽かった。それは少し不自然なほど。当然の如《ごと》くここで俺の名前が挙がることはなかった。

（だよなぁ……）

喫茶店で、初めて海外転勤を俺に打ち明けてくれた言葉を思い出す。

〝例えばの話なんだけど、今、私が星川くんに〝一緒にシンガポールに来て〟って言ったら……どうする？〟

さすがにもう〃俺に付いてきてほしいんだ〃なんてことは勘違いだったとわかっている。もしも過去に戻れるなら、完全に勘違いして自惚《うぬぼ》れていたこの間までの自分を暗殺しに行きたい。思い上がりも甚《はなは》だしいわ！　またひとつ黒歴史が増えてしまった。

……いや俺のことはいいんだ。今は蟹江さんの話。

「本当に一人でいいんですか」

「……どうしたの。星川くん、心配してくれてるの？」

俺が食い下がるので、さすがに不思議に思ったらしい。こちらの意図が掴めないせいか少し居心地が悪そうに自分の腕を擦《さす》っていた。

蟹江さんは〃一人でもなんとかやっていける〃と言った。確かに彼女なら、一人でもやっていけるんだろう。でも〃一人でやっていける〃のと〃一人がいい〃かは別問題だろ。

害のない笑顔で彼女は、俺が返事をするよりも先に言葉を継ぎ足した。

「前にも話したと思うけど、やっぱり〃一緒にシンガポールに来て〃なんて誰に言っても困らせるだけかなぁって」

「誰にも言ってないんですか？」

「ええ」

「それで後悔しませんか」

正面から捉えていた蟹江さんの表情が明らかに硬くなる。俺の言葉が確かに蟹江さんに引っ掛かっているのを感じた。思うところはあるはずだ、絶対に。

しかし彼女は誤魔化すようにおどけて笑う。

「……何が言いたいのかな？　もしかして、星川くんが付いてきてくれるの？」

思わぬ切り返しに心臓が跳ね上がる。でも──彼女の言葉には、俺が意識するほどの意味はない。最初に言われたときからそうだった。蟹江さんにとってはほんとにただの〝例えばの話〟だった。肩の力が抜けていく。

「……そうですね。蟹江さんが〝付いてきてほしい〟と思う相手が俺だったなら、付いていっていたと思います」

「……星川くん？」

「でもそうじゃないでしょう？　蟹江さんが付いてきてほしいと思ったのは──小田原だけでしょう」

笑っていた蟹江さんの表情は完全に固まり、ゆっくりと目が大きく見開かれた。その反応で改めて失恋を突きつけられ、少し切なくなる。

俺は自分が期待するきっかけとなった彼女の言葉を、何度も何度も思い返していた。

〝例えばの話なんだけど、今、私が星川くんに〝一緒にシンガポールに来て〟って言ったら……どうする？〟

蟹江さんは確かめたかっただけなのだ。初めて彼女の海外転勤を聞かされて、同時に「一緒に来てくれるか」と言われたら相手がどんな反応をするのかを。具体的にはたぶん、小田原がどんな反応をするのかを知りたくて。

蟹江さんは俺の口から小田原の名前が出てきたことにまだ驚いている。

「蟹江さんは言えなかったんですよね」

言葉を失っている彼女に向かって、俺は俺が知っている話をする。

「海外勤務の話が出たときに真っ先に小田原のことを思い浮かべたけど、話してみようか迷っているうちに小田原に先手を取られたんじゃないですか？　何気ない会話の中で〝いつか折橋《おりはし》コーポレーションを担当するのが夢なんです〟って」

折橋コーポレーションはうちの会社における最大の取引先。通常は一つの得意先に二〜三人が担当につくところ、折橋コーポレーションはその扱いと業務の多さから常時十人以上のチームで担当している。うちの会社で〝チーム折橋〟といえば花形で、得意先の企業理念も高いことから憧れている社員は多い。――小田原も例に漏れず。

「〝シンガポールに一緒に来て〟なんて、とても言えなかったんでしょう」

折橋コーポレーションの担当をしたいと思えば、本社で実績を積んで抜擢《ばってき》を待つしかない。シンガポールに行けば赴任中の担当は不可能だし、その後のキャリアも必然的に海外に寄っていくから、小田原の目標からは確実に離れていくだろう。

やっと口を開いた蟹江さんは、驚いた顔を向けてくる。

「……星川くん、なんでそれを…………見てたの……？」

「……ええ、まあ」

本当は、別にその場に居合わせてなどいなかった。けど話がややこしくなるので〝見てた〟ということで濁しておく。大事なのはそこじゃない。

「小田原の目標を知って、蟹江さんは海外転勤のことを言い出せなくなってしまった。……でも、小田原がどんな結論を出すかは訊いてみないとわからないでしょう？　選択肢を与えられたら、もしかしたら蟹江さんに付いていくほうを選びたがるかもしれないのに」

「無理よ」

「どうしてです」

食い下がる自分はまるで久住さんみたいだ。

蟹江さんの表情から、少し俺を邪魔に思い始めたのがわかる。当たり前だ。プライベートに踏み込まれて良い気持ちになるわけない。

それでも踏み込むのは、小田原と蟹江さんがすれ違っていることを知ってしまったからだ。そしてそれは、二人が一度きちんと本音で話し合うだけで解決する問題だと思ったから。

「選択肢を与えて、小田原が本社に残るほうを選ぶのが怖いんですか？　でもあいつはきっと――」

「違います」

ぴしゃりと否定された。

（……違う？）

蟹江さんの膝の上に載せられた拳《こぶし》に力がこもっている。彼女は悩ましそうに目線を伏せ、ため息をついた。

何も違わないだろ、と俺は思った。蟹江さんは小田原が本社にいたいと思っていることを知って尻込みした。それは誘いを断られることを恐れたからじゃないのか？

「それなら〝一緒に来てほしい〟って言えばいいじゃないですか」

「それはできない」

「なんで……」

俺が見聞きした話を照らし合わせれば、きっと蟹江さんが素直に〝一緒に来て〟と言うだけですべて解決する。蟹江さんを好きで、仕事に精を出す彼女の生き方を尊敬している小田原は、十中八九彼女に付いていく決断をするだろう。

それなのに蟹江さんが尻込みしているのは、自信がないからなのか？

「小田原は、きっとあなたに付いていくほうを選びます」

なぜ俺が小田原の代弁をしているのか。自分でもひどく滑稽《こっけい》だし、お節介だということもわかっているが、それでも、すぐ近くですれ違っている人たちのことを見て見ぬフリはしたくない。一緒に働いてきたから、尚更。

蟹江さんはほとほと困ったという顔になっていた。さっきまでの俺を邪魔に思う表情とは少し違う。

(……なんだ?)

ふぅ……と深いため息のあと、蟹江さんは言った。

「逆なのよ」

「……逆?」

「小田原くんが本社に残ることを選ぶのが怖いわけじゃない。その逆。彼が付いてきてくれることのほうが、私はずーっと怖い」

「へ……?」

それは……予想外の回答だ。俺は半端に口を開けた間抜けな顔で彼女の話に聞き入る。

蟹江さんは自分のお腹の前で指を組み、思い悩んでいる様子で話す。

「星川くんが言うみたいに、私が小田原くんに〝付いてきて〟って言ったらたぶん、彼は付いてきてくれるでしょうね。そういう人だもの。自分の願いや目標を差し置いても忠義を尽くそうとする、義理堅い男なのよ……」

呆《あき》れたように、困って笑う蟹江さん。この人もしかして、小田原が自分に向ける感情を〝純粋な尊敬〟だけだと思ってるのか？　自分が恋されているとは思いもしないとか？

不安になって尋ねた。

「あの……蟹江さん。小田原はたぶん、忠義とか義理だけじゃなくて――」

「うん。それもわかってる。大丈夫」

そう答えた彼女は困った顔のまま頬を染めたので、どうやら本当にわかっている。

蟹江さんは二人が両想いだと知っている……？

「でもね……だからこそ言えない。私が〝付いてきてほしい〟と思ってるって知ったら彼、きっといろんなことを諦めて付いてきてくれる。私は彼に、彼のやりたいことを諦めてほしくない」

蟹江さんが繰り返し「言えない」と言う意味が段々わかってくる。付いてきてくれるとわかっているから、言えない。それは俺なんかよりも、小田原についてよく知っているから出てくる言葉だった。

彼女は本音を口にして、〝もう今更だ〟と思ったのか吹っ切れたように肩の力を抜いた。

ずっと胸の内に秘めていたらしい葛藤《かっとう》が口をついて溢れてくる。

「そこに恋愛感情があるってわかってたら、余計に言えないでしょ。だって考えてもみて？　私はキャリアのために躊躇いなく海外異動を受けちゃうような女なのよ。奥さんには向いてない。結婚はできてもしばらく子どもは考えられないし、旦那《だんな》さんのことも、一番には考えられないと思う」

それは彼女が女性として、ずっと悩んできた部分なんだろう。言葉には重みがあった。好きな仕事をするために複数ある選択肢から一つを選び、その他を諦めてきた。今のポジションに昇るまでに同じような選択を何度も迫られてきたんだろうな……と。彼女が語る姿は、俺にそう想像させた。

「その上、小田原くんの口から〝本社でやりたい仕事がある〟って聞いちゃったらね……。もう諦めるしかないでしょ。私だって自分の海外勤務はチャンスだと思うし、そこは譲れないから」

そして蟹江さんは、こう結んだ。

「私は小田原くんに普通の幸せをあげられない」

朝の清らかな空気を、蟹江さんの切なくか細い声が震わせる。

始業前のオフィスの密《ひそ》やかな告白。数日前にここで彼女の栄転を喜び、異動を悲しんだ営業部の面々は誰も知らない。

間もなく社員の誰かが出社してくるだろう。そしたらこの会話は終わり。俺は蟹江さんの本心を聞くことができたが、彼女の葛藤に対して何も為《な》すすべがないまま、彼女をシンガポールへ送り出すことになる。

それでいいのか？　でも、何と言えばいいんだろう……。

自分にできることが思い浮かばぬまま、俺は蟹江さんに尋ねていた。

「蟹江さんは――小田原のことが好きなんですか？」

彼女は一瞬きょとんとして、それからいつもの蟹江聆子《れいこ》らしく、凛々しく笑って――口を開いた。

それと同時に別の声がした。

「どうしてそれを、俺じゃなくて星川さんが訊くんです」

ばっと振り向くと執務エリアの入り口に小田原がいた。出社してきたばかりらしくコートを着込んで、肩に仕事用のショルダーバッグを提《さ》げている。寒いところにいたせいか分厚い眼鏡が曇っている。その奥の瞳はいつにも増して迫力があった。

俺の目の前にいた蟹江さんはというと――座ったまま、顔を真っ赤にして伸び上がっていた。

「お……小田原、くん……いつから……！」

「〝私は彼に、彼のやりたいことを諦めてほしくない〟……のあたりから。蟹江さん。結婚とか子どもとかって、話が飛びすぎじゃありませんか？　そもそもあなた、俺の告白すらまともに最後まで聞こうとしたことないでしょう」

小田原は表情を変えずに俺たちのいる場所へ歩み寄ってくる。蟹江さんは逃げたそうにしていたが、歩み寄ってくる小田原が放つ圧によってちょこんと座ったままだった。

彼女の真横まで来た小田原は高い身長から俺を見下ろして。

「少しだけ蟹江さんと二人で話してもいいですか？」

それは俺に〝少しだけ席をはずせ〟ということか……。

会社なんだからお前が移動しろよ！　と思わんでもないが、今回は許そう。俺は小田原の問いに対して頷《うなず》き、蟹江さんの隣の席から立ち上がる。

蟹江さんは恥ずかしそうに、泣き出しそうな顔で〝行かないで！〟と無言で訴えていた。

普段は凛々しい彼女も、自分の恋愛を前にするとこんな風になるのか。あーあ。腹立つくらい可愛いけど俺は圏外。

蟹江さんのＳＯＳを笑顔でバッサリと切る。

「さっきの話、小田原としっかり話し合ってみてください」

彼女は観念して椅子の上で萎《しお》れた。

俺は自分のバッグから財布とスマホを抜き取り執務エリアを出る。

（さよなら憧れの人……）

心の中で唱え、センチな気分を味わうという痛い遊びをした。


始業前のオフィスで二人が会話をできたのは精々十分程度だろう。その後、昼休憩やその他の時間で話し合いが持たれたのかは知らないが、午後に執務エリアにいた二人を見るとすっかりいつも通りの顔をしていた。

（さすが社会人……）

今朝の小田原の発言から推察するに、二人の間にはそれなりに甘酸っぱい空気もあったようだが……。全っっ然、気が付かなかった。俺が鈍《にぶ》かっただけか？　そうじゃないと思う。他の同僚たちも知らないと思う。それに、誰だよ。〝恋をしている男は身なりを整えている〟みたいなことを言ったのは……話が違うじゃん。そんなに見た目に気を遣ってなさそうな小田原も恋してるじゃん……。

同じ執務エリアで仕事をしていると、俺はその後二人がどうなったのかが気になってまったく仕事に身が入らなかったので、資料室に場所を移してノートパソコンで業務をこなした。

一度作業を始めれば資料室は居心地がよく、仕事に没頭するには持ってこいの場所だった。利用者がほとんどいないから常に静か。同僚から声をかけられて作業の手を止められることもない。たまに社用携帯に電話がかかってきたが、それ以外はずっと集中力を維持して仕事を進めることができた。

そして誰にも邪魔されないまま、気付けば夜の八時。

（……さすがに疲れたな）

資料室の窓から見える景色は真っ暗になっていた。首を回すと〝ゴリゴリッ！〟と嫌な音が鳴り、〝あーマッサージ行きてぇ～〟とぼんやり思う。ズボンのポケットに小銭が入っていることを確認し、ノートパソコンを閉じて席を立ち上がる。

珍しく煙草《たばこ》を吸いたい気分になった。五階のリフレッシュスペースにある飲み物の自販機の隣に、煙草の自販機が置かれている。何度か吸ったことのある銘柄《めいがら》を購入して、非常階段のある外に出た。

「うっ！　……さっぶっ……！」

肌に突き刺さる寒気。これは一度コートを取りに戻ったほうがいいのでは……。

逡巡《しゅんじゅん》したが、結局面倒臭《くさ》さが勝ってそのまま外に出た。喫煙スペースはビルの四階、非常階段の一角に設《もう》けられている。俺は煙草の箱を握ったまま両手で自分の両腕を擦《さす》った。

「はー早く吸って戻ろ……」

五階から四階へ、ワンフロア分の階段を下って踊り場の手すりに肘をついた。買ったばかりの煙草と、スーツのジャケットの内ポケットに入りっぱなしになっていたライター。

煙草に火を点《つ》けて吸い、煙を肺に入れる。久しぶりなのでちょっと噎《む》せそうになる。すぐに吐き出すと、寒空の下をモクモクと煙が舞い上がっていった。

（……失恋して煙草とか）

普段は付き合いでしか吸わないくせに。ダメだな。今は何をしても自分がセンチメンタルに酔ってる痛い男に思えてくる……。

自分にげんなりしながら煙草をくゆらせ、ぼんやり地面を見ていると、一階玄関から人が出てくるのが見えた。――蟹江さんと小田原だ。

帰宅していく二人。これから本格的に話し合いか？　蟹江さんも小田原も、少し緊張した顔をしている。二人の間には拳ふたつ分ほどの距離がある。これからの話し合いでそれは埋まるだろうか。……まあ、うまくいくんだろうな。なんとなく。

（お似合いですねぇ……）

煙草を口から離して「フーッ」と深く吐き出しながら、手すりに肘をつき直し、猫のように背を反《そ》らす。やっぱりちょっと切ない。寒空の下で煙草を吸っているせいもあるかもしれない。冬はダメだ。一気に人の気持ちをセンチにする……。煙草はすぐに短くなっていって、俺はそれを携帯灰皿に押し付けると、新たにもう一本取り出して火を点けた。

蟹江さんと小田原の本心を知って、率直に〝こういう恋愛もあるのか……〟と感心した。

蟹江さんは小田原が自分に好意を持っていることを知りつつも、小田原の人生のために身を引こうと決めていたし、小田原は蟹江さんのやりたいことを応援すると恋に落ちた瞬間から決めていた。こんなに身近に、互いを優しく見守り合うような関係があるとは知らなかった。――少し羨《うらや》ましくもある。

（いいなぁ……）

恋愛なんてまったく求めてなかったけど、あんな風に相手を大事に思ったり、思われたりする関係には漠然《ばくぜん》と憧れる。そういう相手がいる人生は輝いて見える気がした。

「……はぁ」

まあ、恋愛なんて〝したい〟と思ってすぐできるもんでもないか。ましてや二人のようにお互いを思い合うような関係は一朝一夕《いっちょういっせき》で築けるものでもない。その相手だって、誰でもいいわけじゃないし……。

そう考えると、俺がそんな恋愛を経験できるかは絶望的だと思った。

（これ吸い終わったら帰ろ……）

そう決めて、頬杖《ほおづえ》を突きながら深く長く煙を吐き出した――その時に。

「星川さんッ!?」

「いッ……！」

急に階下から自分を呼ぶ声がして、不意を食らった俺の顎《あご》はガクッと頬杖の上から落ちた。煙草を吸っていたのに危ない。慌《あわ》てて吸いかけの煙草を携帯灰皿にグリグリ押し付け、火を消しながら、声がしたほうを覗く。

「………く、久住さん……？」

そこにいたのは私服姿の久住さんだった。

（なんでこんな所にいるんだっ……）

目を凝《こ》らしてよく見ると久住さんはものすごい形相《ぎょうそう》でこちらを見上げていて、なんだか嫌な予感がした。会社まで来ている時点で既《すで》にやばいが、切羽《せっぱ》詰まったような表情は更に、なんだか、まずい……。

とにかく、何をしているのか訊いてみようか。しかし夜のビル街は声が響く。一階と四階で会話しようと思ったら結構な大声で話さないといけないし、ここは一旦《いったん》俺が一階に下りて――と考えていたら、先に久住さんがアクションを起こした。

寒空の下、少女の大きな声が再び響き渡る。

「星川さんっ―――死なないで!!」

「……はっ？」

「早まっちゃダメです！」

「えっ？　ちょっ……ええ？」

寝耳に水だった。久住さんは何を言っている？　っていうかまじで、そこから叫ぶのやめてくれ！

俺の願いは虚《むな》しく、彼女はよく通る声で高らかに叫び続ける。

「一回振られたくらいでなんですか！　女なんて星の数ほどいます！　星川さん、顔も性格も悪くないんですから新しい恋だっていくらでも――」

「待て待て待て待て！」

大声で何をベラベラと言っているんだ！

社員のほとんどが既に退社しているとはいえ、周りのビルにはまだ明かりが点いている窓もある。実際、大声が気になったのか〝なんだ……？〟と怪訝そうに外を覗いている人の姿もちらほら。

「それくらいのことで、死んじゃダメですよ――！」

「黙って久住さん！　黙って、ちょっと……そこから動くな！　まじで動くなよ！」

〝これ以上騒ぎになっては困る〟と、非常階段を一気に駆け下りた。階段を使うなんていつぶりか。非常階段の狭い空間に自分の靴音がガンガンと鳴り響く。一目散《いちもくさん》に一階の彼女のもとまで向かうと、私服姿の久住さんが目をぱちくりさせて俺を見ていた。

ダッフルコートの下にチェックのスカート。更にその下から伸びるタイツ。格好は暖かそうだが、また鼻の頭と顔が真っ赤になっている。叫んだせいで酸欠か？

「なにっ……なに、してんの、久住さんっ………はぁっ」

酸欠なのは俺か。全速力を出したせいか、四階分の階段を駆け下りたくらいで俺も息が苦しい。ゼェハァと呼吸を整え、久住さんを叱る。

「こんな夜中に叫んだら、迷惑だからっ……っていうかダメだろ、こんな時間に一人でぶらぶらしてっ……」

「……ビルから飛び降りて死のうとしてたんじゃないんですか？」

「なんて恐ろしいことを言うんだ……」

本気でそんな風に見えたのか……？　息抜きをしようと外で煙草を吸っていただけで？

そんな馬鹿な……。

久住さんはまだ不安そうに涙交じりの声で言う。

「だってっ……さっきここから女上司さんと眼鏡さんが一緒に出てくるのを見ました。つまり二人がうまくいったってことで……そしたら星川さんが、上から暗い顔で地面を見てて……薄着だし、思い詰めた感じだし……」

「いや、だからって死ぬとかないから…………わ!? え、おぉっ……!」

会話の途中で久住さんの涙腺《るいせん》が決壊した。こっちを真っ直ぐ見据えたまま目尻からぼろぼろと涙を流す。

今度は嘘泣きじゃなかった。ガチ泣きだ。

(どうして久住さんが泣く必要がある?)

その理由は、彼女が泣きじゃくりながら嗚咽交じりに教えてくれた。

「っ、ほ……星川さんがっ……死のうとしてたんじゃなくて、よかっ……」

「……いや。失恋くらいで死なないし……」


なんなんだ。

この、ジェットコースターみたいな感情の振り幅は。

十代の若さゆえなのか?


「……ほんっ、とに……」

息を吐くと共に脱力する。

夜に叫ばれて近所迷惑だし、早とちりがすごいし。これは一度大目玉を食らわせてやらねばと思っていたのに、予想を上回る泣き方に毒気を抜かれてしまった。怒る気も失せた。

「……死なないから、泣き止《や》んでくれ。こんな会社の真ん前で女の子を泣かせてるのは外聞が悪い……」

一瞬、泣きじゃくる久住さんの頭を撫《な》でようとしたが、すぐに思い直し手を引っ込めた。〝絵面《えづら》的に通報されそう〟というのも勿論《もちろん》あるが、俺は安易に人に触れてはいけないことを思い出した。

物理的に慰《なぐさ》めることができない代わりに、俺は涙を止められずにいる久住さんに話しかける。

「久住さんってさ……恋に落ちた瞬間が視えるとは言っても、その人の考えが視えるわけじゃないんだよな」

だから早とちりをして、〝星川は失恋して死のうとしているんじゃないか〟なんて的外《まとはず》れな想像をする。中途半端に人の事情が覗けてしまうというのも厄介《やっかい》だ。口には出さないが、少し同情する。

久住さんは頑張って泣き止もうとしゃっくりしながら、涙を湛《たた》えた目で俺を見る。やはり、純粋な瞳がキラキラとしていた。

「……私、不思議だったんです。〝恋に落ちた瞬間が視える〟なんて、大人は今まで誰も信じなかった。でも、星川さんは随分《ずいぶん》と簡単に信じてくれるなぁって……」

「そっか」

そう言われると確かに不思議かもしれない。そうだな。思い返せば俺の反応はおかしかったかも。〝恋に落ちた瞬間が視える〟なんてオカルトチックな能力、何かのインチキだと決めつけて相手にしないのが普通だ。普通なら俺も、そうしていたと思う。

だけど残念ながら、俺も普通ではなかったので。

「どうして信じてくれたんですか?」

「俺も同じだからだよ」

俺の返事で、久住さんの目は真ん丸になる。涙が引いていく瞬間を見た。

「…………へ?」

「俺も同じ。久住さんと同じように、視えるんだ」

「あ、え……ほんとに……?」

自分と同じような能力を持った相手に出会うのが初めてなのか、彼女は珍しく動揺していた。俺だって久住さんが初めてだ。自分以外にそんなトンチキな能力を持っている人間がいるなんて思いもしなかった。

「まあ俺の場合はきみと違って……視えるのは〝人が恋を失った瞬間〟なんだけど」

――高校生のある時点から備わった不思議な能力。

俺は他人が失恋した瞬間を覗けてしまう。久住さんのソレと同じように、能力の発揮条件は非常に曖昧《あいまい》。手のひらが偶然相手の体の一部に触れた時に唐突に視えることがあるし、視えないこともある。運任せな部分が大きいから、意図的に覗こうとしても上手《うま》くいくことは少ない。

それでも勝手に視えてしまう時があるから、俺は社内の〝終わった恋〟の事情にはやけに詳しくなってしまった。終わった片想い。終わった不倫。そして——上司の、自分の中で勝手に終わりを決めた恋なんかも。

「きみは〝なんで俺が蟹江さんを諦めたのか〟って理由を気にしてたよな。小田原の気持ちを知ってたわけじゃないのに、どうして諦める必要があったのかって」

「はい……」

「深夜残業で二人になったときに、たまたま蟹江さんの失恋を覗いてしまったからなんだ」

蟹江さんが過労で倒れたあの時。崩れ落ちる蟹江さんを庇《かば》おうととっさに手を伸ばして、それで彼女の後頭部に触れた。そうしているうちに頭の中に流れ込んできた映像は、照れ臭そうに「本社で折橋コーポレーションを担当するのが夢なんです」と目標を語る小田原の姿だった。

俺が目にした出来事を教えると、久住さんはぽかんとしたまま俯き、「なるほど……」

と小さくつぶやいた。納得した素振りでいるが、あまり呑み込めていない様子だ。

「蟹江さんは小田原のことが好きで、小田原から好かれていることを知っていた。でも小田原の目標を妨《さまた》げることはしたくないし、彼女自身も海外転勤を断れないから、自分の恋が絶対にうまくいかないって見切りをつけていたんだよ」

「……わかるような、わからないような……。それで、星川さんは諦めちゃったんですか？　女上司さんが失恋していたなら、そこに付け入って上手くいく可能性もあったんじゃないですか？」

相変わらず久住さんは〝諦める〟ことに対して厳しい。俺は非難の目を受け、肩を竦《すく》めて答える。

「諦めるっていうか……〝俺のは別に恋じゃないな〟って冷静になったんだ。蟹江さんが失恋してたからってチャンスだとも思わなかったし。だってさ。蟹江さんには俺よりもっと深いところで通じ合ってる小田原がいるんだって思うと……冷めるだろ。正直〝もう勝手にやってくれー〟って感じだよ」

「そんな簡単に冷めるものですか……？」

久住さんの視線は懐疑的だ。俺の話のどこかに嘘があるのではと疑っている。

俺は彼女を納得させるために言葉を尽くす。

「冷めるよ。冷めるし、単純に〝俺はそこまでじゃないよな〟って思った。蟹江さんや小田原みたいに〝あの人じゃないとダメ〟なんて強い気持ちはないなぁと思うと……ほんとに好きなのかもわからなくなって」

「……そんなもんですかね？　未練とかは？」

「驚くことに全然ない。あれを恋だって勘違いしてたのがちょっと恥ずかしいくらいだ」

言いながら、〝それは嘘かもしれない〟と自分で思った。蟹江さんへの気持ちは確かに恋だったと思う。蟹江さんの恋愛感情が、俺ではなくすべて小田原に向いていると知って、虚無感に襲われ、胸が痛くなったくらいには……。

でもそんなことを言えばまた久住さんに「今からでも告白しに行きましょう！」ってどやされるんだろう。黙っておくのが得策。彼女には今の俺の感情までは視えない。

（……それに）

この気持ちは早くも薄れつつある。蟹江さんと小田原が理解し合えたならよかったと思うし、二人にはこの先もうまくいってほしい。毎日のように顔を合わせ、一緒に働いている二人だから。不幸になるよりかは、そりゃ幸せでいてほしいと思う。

「……ああいうのって〝いいなぁ〟って」

「え？」

同じ職場で働くなかで、決して表には気持ちを出さず、お互い相手の気持ちや目標を大事にしていた蟹江さんと小田原。俺は二人の姿を頭に思い浮かべ、少し心の中の声を外に漏らした。

「次に恋をするなら、あんな風に相手を大事に思える恋がいいなって思うよ」

俺の発言を最後に、しばらく沈黙が続いた。

（…………クサすぎた！）

言ってから後悔の嵐。自分の発言を思い返し、そのイタさに戦慄《せんりつ》した。

寒い寒い寒い寒い！　どうした俺！　何を血迷った⁉　自分がアラサーのオッサンだってわかっていての発言か……⁉

澄ました顔で久住さんと並んで歩きながら、心の中で悶絶していた。膝をつき、頭を抱えて「うおぉぉぉ……！」と唸《うな》る。しかし放った言葉は口の中に戻ってくれない。

恋について理想論を語るなんて、久住さんに影響されすぎだ。さすがにこれには当の久住さんにも笑われそう……。恐る恐る彼女の反応を窺《うかが》う。

（……あれ？）

久住さんの横顔は真剣で、何か考え事をしている。

（…………俺の話、聞いてなかったのか？）

それならラッキー……と思ったが、そうではなかった。久住さんは俺の発言に対して真面目に考えていたらしい。自分の口元に手を当て、納得いかなさそうに言う。

「……〝相手のために好きな気持ちを黙っている〟ということが、私にはよくわかりません」

「……そっか」

今回の蟹江さんと小田原の一件は、確かに久住さんの主義とは違うのかもしれない。彼女にとったら恋愛の成就《じょうじゅ》なんてものは二の次で、もちろん〝相手がどう思うか〟なんてことはもっと優先度が低く、何よりも〝自分の想いを伝えること〟に重きを置いている。

彼女はモヤモヤと晴れない表情で進行方向を見据えている。

「私、どちらかというと嫌いなんです。〝気持ちを秘めていることが美徳〟みたいな考え方って、意気地がない自分を誤魔化すための言い訳みたいに思えて」

肯定《こうてい》も否定もせず、黙って彼女の話を聞いている。俺の感想は変わらない。やっぱり久住さんの考え方は極端だし、〝告白することがすべて〟だと思っている感じは癇に障る。独善的なのもたいがいにしろよと思う。

だけど……こういう久住さんは、どうやって出来上がったんだろう？

彼女がこれだけ〝気持ちを伝えること〟に固執するようになったのには何かしら理由があるんだと思う。久住さんは自分について語ろうとしないから、その背景が一向に見えてこない。何がここまで彼女の気持ちを過剰にさせて、突き動かしているんだろう。

——それを追及するほど、俺と彼女は近い関係ではないが。

（そうだな……関係ないか）

関係ない。たまたま俺がなんでか久住さんに目を付けられてしまっただけで、本来なら知り合いようもなかった。彼女は俺と蟹江さんの恋の行く末を気にしてたびたび絡《から》んできたが、その恋が終わったとなればもう用無しだろう。

ちらりともう一度横顔を確認する。彼女はまだ納得できなさそうに、恋について悩んでいる。

(関係ないけど……)

ちょっと見てみたい気もする。彼女はこれからいろんな人に出会って、いろんな恋を知って、否応なしにその価値観を変えられていくんだろう。そのときに、この凝《こ》り固まった思考の持ち主が、どんな風に変わるのか……ちょっと見てみたい。

そんなことを考え、お互いに黙ったまま駅までの道を歩いていたら。急に久住さんがパッと勢いよくこっちを向いた。

そしてケロッと笑って。

「女上司さんの件は終わってしまったので、もうしょうがないですね！」

「え」

「次は英会話教室の雅美《まさみ》先生にでもトライしてみます？」

前言撤回。

「いや……もう……頼むから放っておいてほしい……」

俺はもう、この子と関《かか》わるのは御免こうむります。神様。

2. 二律背反のシスター

人が恋を失った瞬間が視える——って、どんな感じなんだろう？

「こんばんは星川《ほしかわ》さん！」

英会話スクールの休憩室。窓際《まどぎわ》に長机と椅子が置かれ、壁に集中コースの紹介や資格試験の案内が貼りだされているだけの質素な空間。自分のレッスンを終えて私がそこに向かうと、星川さんはいつも予習をしている。

星川さんはゆっくりと顔を上げて私を見るなり、げんなりした表情になる。テキストに視線を戻し、テンションの低い声で「こんばんは」と挨拶《あいさつ》を返してくれる。

毎回早めに到着して予習をしているから、どうやら根が真面目《まじめ》な人らしい。

年齢は三十前後。勤務先はシュアリー化粧品。テレビＣＭを打つような有名企業に勤めているくらいだから優秀なんだろうけど、スクールに通う前は英語がからっきし。好みのタイプは〝見た目が格好良くて中身が可愛らしい〟属性のお姉さん。ここ数年恋人はいない。

そして特筆すべきは、〝人が恋を失った瞬間が視《み》える〟という特殊能力。私の〝人が恋に落ちた瞬間が視える〟とは似て非なるチカラを持っている。私と同じような能力持ちの人に出会ったことがなかったから、星川さんからカミングアウトされたときはそりゃあもう驚いた。それにしても、〝失恋が視える〟って楽しくなさそうだな……。

私が彼について知っていることは、それくらいで全部だ。

あ！　あと……結構人に流されやすいところがある。私みたいな押せ押せタイプの女子高生に勢いで付き合わされてしまう、お人よしな性格をしている。

私は彼が座っている隣の席にスクールバッグを下ろし、居座る姿勢を示す。

「英語力向上は順調ですか？」

「まあまあ……」

星川さんは相変わらずテキストから顔を上げてくれないけど、決して私のことを無視しない。気のない素振りでも必ず返事をしてくれる。本当にお人よし。私みたいなキャラは完無視するに限るのに……なんて、星川さんの優しさに付け込んでいる私が言うのもなんですが。

職場の女上司さんに恋をした星川さんは、彼女の海外転勤に付いていくためにこの英会話スクールに通い始めた。しかし、その恋はいろいろあってあえなく撃沈。わざわざ英語を学ぶ理由をなくした星川さんは、一時期英会話スクールに来なくなった。

だけど高額な授業料が惜しくなったのか、今は短期集中コースからひとつ難易度を落とし、ベーシックコースに。心を入れ替え、真面目にレッスンに通っている。

もちろん、〝英語を学ぶ〟なんて純粋な目的だけなはずがない。


「雅美《まさみ》先生との恋の進捗《しんちょく》はいかがです？」

私がしれっと尋《たず》ねると星川さんは〝バッ！〟と顔を上げてこっちを見た。それからキョロキョロと辺りを見回し、他に誰もいないことを確認する。

「私たち以外は誰もいませんよ。私だって、他の人がいる場所でそんな迂闊《うかつ》な話はしません」

「嘘つけ！」

怒られた。星川さんはまだいろいろと根に持っているらしい。

どれを根に持っているんだろう？　駅のホームで急に頭に触れたこと？　喫茶店で頭に触れたこと？　それとも、夜に会社のビルの下から「死なないで！」って叫んだこと？

……それについてはさすがに反省しています。早とちりが過ぎました。

星川さんは長机の上で頭を抱《かか》え、蚊の鳴くような声を出す。

「ほんとにもう勘弁してくれよ……しかも、雅美先生とはそんなんじゃないんだって」

雅美先生はこのスクールの講師だ。私が通う高校生コースと星川さんのコマを担当している。たぶん、このスクールで一番の人気講師。

彼女は先日星川さんが失恋した女上司さんにタイプが似ている。背が高くスレンダー。パッと見は勝気な印象の、凛《りん》と格好いいお姉さん。指輪は嵌《は》めてないから恐らく未婚。裏表のない性格は、同性の私から見ても感じがいい。

噂《うわさ》をすれば。

「あれっ？　星川さん、今日も早いですね」

星川さんと私が振り返ると、休憩室の入り口に教材を腕に抱えた雅美先生の姿がある。次の星川さんとのレッスンがある教室に向かう途中で私たちに気付いたらしい。

私の隣に座っていた星川さんは明らかに緊張した顔になり、「あっ、こんばんは！」と慌《あわ》てて挨拶しながら椅子から立ち上がった。

（なんてウブな反応……！）

これは、長いこと恋をお休みする前もそんなに女の子と接してなかったのでは？　っていうか彼女とかいたのかな？　まさか童貞……。

　様々な疑惑が浮かぶなか、私と星川さんは（恐らく）同じタイミングでハッと、あることに気付いた。

「こんばんは。あっ、まだゆっくりしてていいですよ！　レッスン開始まではあと少し時間がありますし――」

　雅美先生もたぶん、星川さんと私の視線の先がどこにあるかに気付いている。振る舞いはいつも通り。だけど頰がほんのり上気して、いつもよりちょっぴりテンションが高い。

　雅美先生は私に視線を移し、左手を顔の前に立てて申し訳なさそうに謝った。

「久住《くずみ》さん。さっきの時間はお休みしちゃってごめんね。どうしてもずらせない予定が入っちゃって――」

「あ、いえ。大丈夫です」

　そうなのだ。さっきの時間の高校生コース、前から雅美先生はお休みの予定で代理の先生がレッスンを担当することが決まっていた。だから今日は、私も雅美先生に会うのはこれが初めて。

　星川さんはずっと雅美先生の左手を凝視《ぎょうし》したまま硬直している。口を半端《はんぱ》に開けて「あ……あぁっ……」と言葉にならない声で何かを呻《うめ》いているので、仕方なく私が雅美先生に尋ねた。

「あの……雅美先生。その指輪は……？」

お詫びをする彼女の左手の薬指に嵌《は》まっている、キラキラと輝く指輪。

台座に石が載《の》っているそれは、どこからどう見てもエンゲージリングだった。

「ああ！　これね……」

雅美先生は隠す気もないらしく照れ臭《くさ》そうに微笑む。自分からひけらかしはしないが、誰かに尋ねられたら説明しようと決めていた様子。頰を緩《ゆる》めて嬉しそうに話す。

「実は、付き合っていた彼と婚約したの。入籍や挙式は少し先になりそうなんだけど……高校の頃からの付き合いだから、〝やっとかぁ〟って感慨《かんがい》深くて」

いつもは凜々《りり》しく微笑んでいるのに、今の雅美先生は完全に恋する乙女の顔だった。素直に嬉しそうにしている雅美先生にはまったく嫌味がない。私も素直に嬉しくなる。星川さんのことは一旦《いったん》置いておいて。

「わー！　そうなんですね……！　おめでとうございます！」

「ありがとう、久住さん」

照れてくしゃっと笑う雅美先生はいつもより綺麗に見える。

こういうところですよね、星川さん。こういうギャップにグッとくるんでしょ？

彼のツボを思い出しつつ背後を振り返って星川さんを見ると、まだ雅美先生の左手の薬指を凝視しながら魂の抜けた顔で、なんとか「おめでとうございます……」と祝福の言葉を口にしていた。

雅美先生は星川さんがショックを受けていることなど露知《つゆし》らず、可愛く返事をする。

「星川さんもありがとうございます。婚約自体も嬉しいんですけど、妹みたいな存在もできるんですよ！　私、男兄弟に囲まれて育ったのでそれがまた嬉しくて♡」

星川さんの新たな恋は早くも撃沈。


しばらく三人で会話をした後、雅美先生は事務のお姉さんに呼ばれて一度席をはずした。

星川さんは一瞬前まで死んだ魚みたいな目をしていたのに、嬉しそうな雅美先生を見ているうちに〝ほうっ……〟と、ときめいているのか悲しんでいるのか、複雑そうな顔になっていた。

私は彼の心の声を想像する。

「〝自立した女性が身内に甘々になる瞬間かわえー！〟って感じです？」

「……おい」

「でも残念ながら、高校時代から付き合った末にゴールインって……入る余地ナシですね」

「わかってるから。現実を突きつけるんじゃない……」

「お？」

いつも〝雅美先生とはそんなんじゃない〟と否定していた星川さんが、珍しく素直に落ち込んでみせる。

　本当にショックだったのかな？　と一瞬思ったけど、そうじゃない。態度を表に出せる程度に余裕があるのだ。星川さんは、本当に落ち込んでいるときほど平気なフリをする。

――この間の女上司さんのときは、だから、本当に落ち込んでいたんだと思う。

（……わかんないなぁ）

　重たい気持ちを抱えるくらいなら、告白してすっきりしてしまえばよかったのに。星川さんとはその辺の考えが合わない。彼が頑《かたく》なに「もう未練はない」と言い張るから、それ以上追及することができなかったけれど……。

　それでいうと今回の雅美先生は、女上司さんの時とはちょっと違う。

「雅美先生については、〝恋に落ちた〟って感じではないんですよねぇ。ほんとに〝ただタイプ〟ってだけだったのかぁ……」

「……きみ……また勝手に〝視た〟のか」

「あっ」

　バレちゃった。

　恐れと呆《あき》れが１：１でブレンドされた視線を向けられる。私は自分の頬に両手を当て、「きゃはー」と女子高生だからギリギリ許されるであろう仕草で答える。

「先週レッスン前に星川さんが休憩室で居眠りしてたときに、つい♡」

長机にべったり伏せて眠っていたので、しっかり後頭部に触ってやった。結果、頭に流れ込んできた映像の中に雅美先生は登場せず、視えるのは依然《いぜん》として女上司さんに恋をした瞬間だった。

案の定、星川さんに怒られる。

「やめろ！　女子高生に触られてる現場なんて人に見られたら変な噂がたつだろうが！」

「え、気にするところソコですか？」

そうだ。これもプロフィールに付け足さなければ。星川さんは女子高生を特別視している。〝女子高生と自分が絡《から》むと世間の目が怖い〟と警戒している。よくわからない。

「もちろんソコだけじゃない。勝手に視えてしまうならまだしも、故意に人の恋を覗《のぞ》くのはよくない」

「あ、今のギャグですね！　故意に恋！」

「うるさい。ギャグじゃない……」

まったく相手にされなければ私もすぐ飽きただろうに。星川さんは同じペースで言葉を打ち返してくれるから、楽しくてつい私もしゃべりすぎてしまう。ほんとはそんなにおしゃべりなほうじゃないのに。

星川さんはどうにか私をやり込めようと、戦隊モノの悪役のようにわかりやすく悪い顔をして、手をわきわきさせながら脅《おど》かしてくる。

「お返しにお前の失恋も覗いてやろうか……！」

「セクハラで訴えてもいいのなら」

「……くッ、自分のことは棚に上げて！」

思った通り〝セクハラ〟という言葉に弱い星川さんなのでした。効果覿面《てきめん》。彼は両手を引っ込めて泣き寝入りする。

（……でも、そっか）

この人、ほんとに人の失恋が視えるんだ……。

私も人の恋が視えるから、彼が嘘を言っているとは思わない。むしろ私以上に星川さんを信じられる人はいないと思う。最初に私が能力について打ち明けた時、彼が当たり前のように信じてくれたみたいに。

——不思議な縁だなぁ。だって別に私、星川さんがそんな能力を持っているなんて、最初に駅のホームで声をかけた時は知らなかった。そう考えると、この出会いにはもしかしたら特別な意味があるのかも。

でも私は、星川さんに触れられるわけにはいかない。

「さて！　そろそろ星川さんのレッスン始まりますよね。私もぼちぼち帰ろっかな～」

スクールバッグを肩に掛けて立ち上がる。星川さんも腕時計を確認すると「ああ」と頷《うなず》き、テキストを閉じて移動の準備を始める。

座っている星川さんを上から見下ろすと、頭の後ろに〝ピヨッ！〟と跳ねている寝癖《ねぐせ》を見つけた。私はしみじみ、思った。

「……次の恋までは長そうですね」

寝癖に気付いていない星川さんはムッと上目遣《うわめづか》いで。

「そう思うならもう付きまとわんでくれ……」

「丁重にお断りしますよ。今星川さんの恋愛以上に興味あることってないので！」

「そんな馬鹿なことあるか。高校生なんだから、もっと学校に楽しいネタがいっぱい落ちてるだろ」

星川さんが何の気なしに言った〝学校〟というワードに、私はピクッと表情を固くした。

幸い星川さんはデスクの上を片付けていたので、気付いていない。

「……うん。そうなんですけどねぇ」

星川さんの言う通り、私・久住明花《めいか》は目下《もっか》青春を謳歌《おうか》しているはずの高校生だ。一般的な家庭より少しばかり厳しい両親に育てられ、特に大きな病気もせず、思春期に荒れることもなく、能力のことを除けば私はいたって普通の女子高生。

家から学校までは電車を乗り継ぎ、一時間ほどかけて通学している。日課は朝の電車の中で文庫本を読むフリをして人間観察をすること。じっと意識を集中させていると、ほんの少しの接触で〝恋に落ちた瞬間〟が視えることがある。

例えば電車のドアの近くに立っている女の子。ここから六駅先にある高校の制服を着て、髪はサイドにシュシュで一つまとめにしている。彼女とは先月、今よりももっと混雑した電車の中で密着したことがあった。その時にたまたま手が触れ、視えた。彼女は、よく同じ電車に乗っている五駅先の男子高に通う男の子に一目惚《ひとめぼ》れをしている。

以来、私は電車の中で彼女の姿を見るたびに気にかけている。彼女は努力家で、いつも彼に声をかけるタイミングを窺《うかが》っていて、ついに先週、彼と言葉を交わすことに成功した。一部始終を見ていた私は心の中で〝よくやった――！〟と叫んだ。さながらサッカー観戦で声を上げる人のように。

彼女はたった今も、次の駅で彼が乗ってくるのを今か今かと待っている。

ああいう子は私がお節介を焼くまでもない。自分の手で掴んだ恋で、どうか幸せな恋愛をしてほしい。

例えば今隣に座っている強面《こわもて》のお兄さん。スキンヘッドにグラサンという風貌《ふうぼう》。腕を組んで不機嫌そうに貧乏揺すりをしている（さっきからずっと振動が伝わってきている）。パッと見の印象的に絶対に視線を合わせてはいけないタイプの人だ。目をつけられたら大変。

――だけど私には視える。隣に座っている強面のお兄さんの肘《ひじ》にさりげなく触れ、意識を集中させる。流れ込んでくるのは彼が恋に落ちた瞬間。

（……なるほど。このお兄さん、痴漢に遭《あ》ってた女の人を助けたんだ……いいとこあるじゃん！　それで、その女の人に一目惚れしたと……）

涙目になって繰り返し頭を下げて御礼を言っている女の人。それに対して恐縮して同じくらい頭を下げている強面のお兄さん。お兄さんの頬は少し恥ずかしそうに赤らんでいる。強面のお兄さんだって恋をする。それを知ってからは大抵の人は怖くなくなった。どれだけ見た目が怖くても、考えが読めなくても、〝恋をしてる〟とわかると途端に可愛く見える。

そして不機嫌な貧乏揺すりの理由も。強面のお兄さんの目線の先を追ってみると、混み合っている電車の中、強面のお兄さんの視線に気付いて気まずそうに俯《うつむ》いているサラリーマンの男性がいた。

（……ああ！）

お兄さんは痴漢行為をしようとしていたサラリーマンを見つけ、自《みずか》らの態度で牽制《けんせい》していたのだ。

やっぱり人は見かけによらない。


こんな風に、電車に揺られながら自然に視えてくる人の恋愛事情を日々楽しんでいた。

――私の一日の中で、学校にいる時間よりも電車に揺られている時間のほうが楽しい。星川さんは「高校生なんだから、もっと学校に楽しいネタがいっぱい落ちてるだろ」と私に言ったけど、私の高校生活には大して楽しいところがない。

電車を降りてから学校までは緩やかな坂道が続く。私が通う私立比良坂《ひらさか》高校は県下一の進学校で、男女共学である。しばらく歩くと周りの人間はすべて同じ制服を纏《まと》った少年・少女だけになり、私はその人の波の一部になって学校へと向かう。

通学路で何人かクラスメイトを見つけたが、声をかけることもかけられることもなくそのまま教室へ。足を踏み入れるとクラスメイトの半分以上が既《すで》に登校しており、いつものグループに分かれ、ネットニュースの話やドラマの話をしている。

私は黙って自分の席に歩いていく。ここまで一切会話はナシ。

「久住さん」

——と思っていたところ、急に声をかけられて体が一気に緊張した。顔を向けると、相手は同じクラスの女子だった。木崎結子《きざきゆいこ》さん。名前の五十音順の出席番号が私の一つ前だから、クラス替えをした当初はよく彼女の後頭部が視界に入っていた。彼女の恋を覗くことは決してしなかったけど。

木崎さんは人から好かれる由縁《ゆえん》である笑顔を私にも惜しみなく振りまき、A4サイズの紙を一枚私に手渡した。

「おはよう。これ、先生が前回の授業で配り忘れてたって」

「ありがとう」

「どういたしまして」

木崎さんはニコッと微笑んで、背後から「ゆうちゃーん！」と呼ばれる声に引っ張られてすぐそっちに駆けていった。ものの数秒のやり取り。それでもいつもに比べれば会話があっただけマシだと思う。朝に登校して夕方に下校するまで、酷《ひど》ければ一言も言葉を発さない日もある。

いじめられているわけではないし、クラスメイトと話すのが億劫《おっくう》なわけでもない。人との接触が少ない学校生活は、私がそれを心がけた結果だ。

——小学生の頃、既に〝人が恋に落ちた瞬間が視える〟能力を持っていた私は、一時期クラスの人気者だった。

最初は〝恋占い〟みたいに軽い感覚から始まったと思う。仲の良い友達の好きな男の子の名前を言い当てるとものすごく驚かれた。〝すごい！〟と内輪で盛り上がり、続けて私は友達の意中の男の子の恋を覗いた。すると二人は両想いであることが発覚し、友達に告げると、その子は自信を持って男の子に告白して、クラスで初めてのカップルが誕生した。

友達が誰かに話したのか、私は馴染《なじ》みのない別のクラスの子からも相談を持ち掛けられるようになった。


〝私は●●くんのことが好きなんだけど、●●くんは私のこと好きだと思う？〟


人が誰を好きかなんて、そんなこと勝手に話していいのかな？　という葛藤《かっとう》は幼いながらにあった。でも、その時の私は人から頼られることが嬉しく、更には〝これは私にしかできないこと！〟と思うと、高揚《こうよう》感が勝ってしまった。

学年集会や行事のたびに、私はたくさんの人の恋を覗いた。男女問わず、学年の壁すらも超えて。時には先生の〝恋に落ちた瞬間〟まで。

小学生でも学年が上がれば〝誰が誰を好き〟ということに興味津々《しんしん》。〝久住明花は触れた相手の好きな人がわかる〟という噂は瞬《またた》く間に学校中に広まり――そして破綻《はたん》した。

大きくなってから考えてみれば当然の結果だった。すべての男女が両想いならよかったけど、そんなわけがない。意中の相手が他の子に恋をしているパターンはザラにあった。相談してきた子を傷つけないために答えを濁《にご》すと逆恨《さかうら》みされた。悪知恵の働く子は恋に悩むフリをして、私から他人の恋愛事情を聞き出すとそれをからかいの道具に使った。

元凶である私は人気者から一転。少し近付くと「触るな!!」と本気で拒絶され、疎《うと》ましがられる存在になった。交友関係もぐちゃぐちゃ。かつての友達も誰も目を合わせてくれない。

全部自分のしたことが原因だから、仕方なかった。

自業自得《じごうじとく》の状況で〝クラスメイトからハブられている〟なんてとても相談できなくて、そのまま校区通りの中学校に進学した私は地獄のような三年間を過ごした。

耐え忍ぶことが罪滅ぼしだと信じて一日も休まず登校し、猛勉強して、高校は誰も自分のことを知らない県下一の進学校に合格した。〝高校デビュー〟という言葉も一瞬脳裏にチラついたけど、私は結局、小学校時代の二の舞を避けるためにクラスメイトとの接触を避けることを選んだ。身近な人の〝恋に落ちた瞬間〟なんて知らないほうがいい。

小学校から中学校までの間、いろいろと私は失敗を重ね、つらい経験もそれなりにして、反省して――――今に至る。

（……暗っ！）

自分のプロフィールの暗さに驚いた。〝なにこれ誰の話？〟とすっとぼけたいくらいの暗さ！　今の話だけだと私は〝友達が一人もいないボッチな女子高生〟という印象だと思いますが、実はそんなことはない。私にも友達はいる。

英会話スクールのレッスンがない火曜日。帰宅部の私は終礼が終わると同時に高校を出て、ある場所へと向かった。

「ねー明花。ここは？」

放課後、夕方、薄暗くなってきた部屋の中。丸テーブルに広げられた英語の参考書の上を彼女の細い指がさす。ちょうど夕日が指の影を落として文字が読めない。

「どれ？　ねぇ、そろそろ明かり点《つ》けよ」

「明花点けてよ。電気のスイッチうしろ」

そう言って彼女――須戸綾子《すどあやこ》は、私の背後の壁を指さした。私とは違う制服。大学の付属高校に通う彼女は水色のシャツの上に紺のセーターを着て、首元は楽にボタンを二つはずして。顔の左側で三つ編みにしてまとめた髪をテーブルの上に垂らし、頬をぺったりとテーブルの上に付けている。

「綾子、だらけすぎ」

私はため息をつきつつ膝立《ひざだ》ちになって、後ろを振り返り部屋の電気を点ける。LEDの光でパッと明るくなる室内。

いつも外で買い物をしたり、ファストフード店やクレープ屋でしゃべったりしているから、私がこの部屋に来るのは久しぶりだった。あらためて見回すと、昔と少し変わっている。

アイボリーを基調にした綾子の部屋は、年頃の女の子らしく可愛いもので溢《あふ》れている。某テーマパークで買ったと思われる大きな熊のぬいぐるみ。色とりどりのマニキュア。手作りだと思われる大きなフォトスタンド。そこには学校の友達と修学旅行で撮ったらしい写真や、家族で撮った写真が飾られていた。

他にはどんな写真があるんだろう……と四つん這いになって寄っていこうとすると、綾子に呼び止められる。

「明花。早くここ教えて」

「もうっ。やる気があるんだかないんだか……」

いつもは外で遊ぶのに、なんで今日は綾子の部屋に呼ばれたのかは、前のテストで英語が赤点だった綾子に、「再テストに合格しなきゃ放課後ずっと補講になる！」と泣きつかれたからだ。

私としても彼女が補講になると遊び相手がいなくなってしまうので、綾子の再テスト対策に協力することにした。しかし当の彼女は本当に英語に苦手意識があるらしく、勉強はなかなか進まない。

「うちの英語教諭厳しすぎだよ……生徒が英語で赤点取ったからって普通毎日補講する？　週五だよ？　暇《ひま》なのかな……」

「暇なわけないでしょ」

綾子は英語が苦手なだけで、それ以外の勉強はできるタイプだ。彼女が通う高校が付属している大学は全国でも有名で、生徒はそのままエスカレーター式に進学する子が多いと聞く。

そんな高校だから一般的な高校よりも〝赤点〟には厳しいのだろうし、何より、他の科目ができる綾子が英語だけ点が悪いというのは、その英語教諭としても危機感があるんじゃないだろうか。〝自分の教え方が悪いんじゃないかー〟とか。

「どうして英語だけそんなに苦手なの？」

「……うーん………なんでだろうね？」

綾子は曖昧な返事をした。あまり克服する気が見えないことも引っ掛かったが、とりあえず彼女の疑問に答えようと再び「どれ？」と分からない部分を尋ねる。私たちは丸テーブルを間に挟み、適度な距離を保ったまま会話をした。


須戸綾子とは幼稚園以来の付き合いで私の幼馴染《おさななじ》みだ。小中高と学校が離れているので普通なら疎遠《そえん》になってもよさそうなものだが、ウマが合うからだろうか、出会って十年以上が過ぎた今でも親交が続いている。

別々の学校に通っていることも大きな要因だと思う。もし小中学校が同じだったら、あれほどまでに学校で避けられていた私と仲良くするのは難しかっただろう。逆に綾子も、私と遊ぶのは〝学校の子と話すよりも気楽でいい〟と言っていた。お互いが相手にとってちょうどいい。この関係は絶妙で、掛け替えがない。

——だからこそ、私は決めている。

「明花さ」

「なに？」

「今でも続いてるの？〝人が恋に落ちた瞬間〟が視えるっていうやつ」

「……うん。続いているよ」

綾子には嘘をつかない。そして、綾子には触れない。彼女の恋は覗かない。

まだ小学生だったある日、突然この能力を手にしたときから、私は綾子に指一本触れないように気をつけている。それが不慮《ふりよ》の事故であっても触れないよう、細心の注意を払っている。

「そっか」

綾子が私の能力についてどこまで信じているか知らないけど、高校生になった今も私が頑なに距離を保とうとするからさすがに信じていると思う。彼女にはこの能力のせいで起きたことや、私が学校でハブられている話も全部打ち明けていた。

彼女はそれを憐《あわ》れむでも、気味悪がるでもなく今みたいに「そっか」と受け入れた。その過剰じゃない反応も、今でも私たちが友達でいる理由の一つだと思う。

「もう外暗くなってきたねぇ」

そう言って綾子は、丸テーブルに頭を伏せたまままちらっと窓の外を見る。今にも日が沈みそうな空は、青・紫・赤の綺麗なグラデーションになっていた。

私たちは恋の話をしない。それぞれの学校のことや、芸能ゴシップ、少女漫画のことなんかを取り留めもなく話すけれど、お互いの恋の話だけはしない。それを話題に出すと、この関係の均衡《きんこう》が崩れてしまうとわかっているから。

綾子に今好きな男の子がいるのかどうかも知らない。でもそれでいい。もし彼女が私に打ち明けてくれたとして、私がそれに何かコメントしようものなら綾子の中に疑いが生まれてしまうだろう。――〝もしかして覗かれた？〟と

「そろそろ帰ろうかな」

「え、もうちょっといたら？　っていうか夕飯食べていきなよ」

「そんな突然人が増えたらおばさんも迷惑だって」

自分の荷物をまとめてスクールバッグの中に仕舞う。ふと、その中に自分のものじゃないマフラーが入った袋を見つけた。いつぞやの夜に星川さんが貸してくれたネイビーのマフラー。返すのをすっかり忘れていて、昨日の英会話スクールで返そうと思っていたのに、やっぱりまた忘れて。今日は会える日でもないのに持ってきてしまった。バッグに入れっぱなしだったのだ。

ここ最近の星川さんにまつわる出来事も、綾子には話していなかった。

「じゃあ家の前まで送る」

そう言って綾子は壁に掛けてあったパーカーを引っ掴み、制服の上に羽織った。

綾子の家から一歩外に出るとツンと冷たい空気が頰を刺した。日中も寒いが、夕方は極寒。春はまだ遠い。制服の上にモッズコートを着た私はまだいいが、パーカー一枚の綾子

はガタガタと震えている。

「もうっ、早く家の中入んなよ」

「へーきへーき」

そう言って笑った口元もガタガタと寒そうだ。これは早くここを立ち去ったほうがいいなと思っていたのに、綾子が会話を続ける。

「英語、教えてくれてありがとね」

「いいよ。再テスト頑張って」

あまりに寒そうだから段々心配になってきた。しかし私が「バイバイ」と言うより先に綾子が「来週はどうする？」と質問を投げてくる。

「えーっと……いや、それはまた連絡取って決めよ。ほんとにもう家の中に――」

「綾子？」

急に男の人の声が綾子を呼んだ。私から見て、こちらを向いている綾子の向こう側に見えた人影。背後を振り返る綾子越しにその人を見ると、体格のいい、若い男の人がそこに立っていた。人のよさそうな優しい目。豪快な笑い声を出しそうな大きな口。――その姿にはどことなく見覚えがあった。

「洋《よう》ちゃん」

綾子は彼のことをそう呼んだ。

（——ああ！）

名前を聞いてピンときた。綾子の家のお隣には確か、私たちより十コ上のお兄さんが住んでいた。私も小さい頃に一緒に遊んでもらったことがあったはずだ。名前は確か……名字は忘れちゃったな。下の名前は〝洋平《ようへい》さん〟だったか。

「今帰り？」

「おう。ちょっとな」

洋平さんは暖かそうなグレーチャコールのダウンジャケットを着込んでいる。手にはビジネスバッグ。仕事帰りかな？

洋平さんと目が合う。彼も私を見てピンときたのか、懐《なつ》かしそうに目を細めて笑う。

「あっ、もしかして小さい頃に綾子んちに遊びに来てた……」

当時どんな風に接していたか思い出せず、緊張する。十年以上も会っていなかったんだから、とりあえず普通に大人に対する態度を取るのが間違いないだろう。

「久住明花です。お久しぶりです」

「そうだ！　明花ちゃんだった！　今も綾子と仲良くしてくれてたんかー、ありがとう」

「ちょっと洋ちゃん！　恥ずかしいからっ……」

綾子は本当に恥ずかしそうで、洋平さんの体をグイグイ押して隣の家に入るように促していた。こんな顔をする綾子は珍しい。洋平さんは綾子のそういう態度をほにゃほにゃと笑って「なんだよ、いーじゃん」とあしらっている。

〝お隣のお兄ちゃん〟というより、言葉の端々や態度に見られる身内感からは〝本物のお兄ちゃん〟という感じがした。むしろ親戚のおばちゃん……？

「しかもなんだお前、こんなうっすい服で出てきて――」

「あぁっ、もぉー！　いい！　いいから脱がなくて！」

洋平さんは当たり前のように自分が着ていたダウンジャケットを綾子に羽織らせた。

じゃれる二人を見ていると懐かしい気分になる。この光景自体が懐かしいのではなく、懐かしい人を思い出すから。私にもかつて、こんな風に大事にしてくれるお兄ちゃんみたいな存在がいた。

「明花ちゃんもこれから帰るんだろ？　暗くなってきたから気をつけてなー」

「はい。ありがとうございます」

毒気を抜かれそうな無害で人懐っこい笑顔に笑い返し、私は駅に歩き出す前に綾子にもう一度声をかけておこうと向き直った。それと同時に洋平さんが綾子に話しかける。

「綾子お前、今日晩メシ来るか？　あいつが来て鍋するって言ってたけど」

「あー……いや、いい。行かない」

おっと。その話は私が立ち去ってからでよかったのでは……？

タイミングを逃してしまった。隙《すき》を見て「じゃあまた明日ね」と言って立ち去ろうと、二人の会話の切れ目を待つ。洋平さんは意外と粘る。

「えーお前が来たらあいつ喜ぶのに」

「突然人が増えたら迷惑だよ」

「〝喜ぶ〟って言ってるじゃん。なぁ、俺からもおばさんに声かけるから」

「行かないって言ってるでしょ!!」

急に綾子の声のボリュームが跳ね上がった。寒空の下で反響した明確な拒否。

洋平さんは呆気《あっけ》に取られて目をぱちくりさせている。私も、こんなに大きな声を出す綾子は初めてでびっくりした。当の本人は高ぶった気持ちを押さえつけるように〝はぁっ〟と息を吐き出し、傍《そば》にいた私が持っているスクールバッグの持ち手を摑んだ。

「明花、行こっ」

「えっ、あ……ちょっとっ……」

スクールバッグの持ち手を手綱《たづな》のようにして、綾子は私の前を歩く。駅までの道を先導して、大きな歩幅でずんずんと前へ前へ。私はちらっと後ろを振り返る。戸惑った顔でその場に立ち尽くしている洋平さんにぺこっとお辞儀をする。

綾子は振り向きもしない。

(家の前で見送ってくれるだけじゃなかったの?)

なんだかもう「早く家に入りなよ」と言える空気じゃなくて、私は迷いながら、気になっていたことを尋ねる。彼女の背中に向かって。

「洋平さんが言ってた〝あいつ〟って？」

注意深く背中を見守る。私にはそういう風に人を観察する癖がついてしまっている。

綾子は歩みを止めず、進行方向を向いたまま答えた。

「……洋ちゃんの彼女のこと。洋ちゃん、今度結婚するの」

「そうなんだ……」

前を歩く綾子の表情は見えない。心の中だって。綾子はしっかりしていて、私を引っ張っていくときも手ではなくバッグの持ち手を掴んだ。そうしないと私に、自分の恋について視られてしまうから。

（視られたくない恋を、綾子が抱えているとして……）

いけない……と思いながらも、一度考え始めたことは自分でも止められなかった。

さっきの、綾子の一変した態度。タイミング的には洋平さんが夕飯に誘ったあたりからピリピリし始めた。ただ夕飯に誘われたことに腹を立てるとも思えないし、それなら……

原因は洋平さんの結婚相手にある？

「……洋平さんの奥さんになるのってどんな人？」

「……そんなこと訊いてどうするの？」

「どうもしないよ。なんとなく気になっただけ」

綾子はしばらく黙っていた。住宅街のこの細い道を抜けたら、もうすぐ駅前の広場に出る。このまま黙ってやり過ごされるか……と諦《あきら》めかけたとき、前方で綾子が口を開いた。

「美人だよ。すごく」

「……へぇ」

「強くて、賢くて、いつかあんな大人になりたいなって思うよ」

決して悪口を言わないところが彼女らしいと思う。相手の女の人になんらかの苦手意識を持っているのは間違いなさそうなのに、決して相手を貶《おとし》めるようなことは言わない。

「その人に、綾子が初めて会ったのはいつ？」

探りを入れたいわけじゃなかった。ただ洋平さんの前から逃げるように立ち去った綾子は何かを我慢しているように見えたから、溜《た》め込んでいるものがあるなら吐き出したほうがいいと思った。

綾子は答える。

誰にも言えない秘密を持つことがどれだけ辛《つら》いかも、私は知っている。

「……小学生のとき」

「え？」

想像していたよりもずっと昔のことで驚いた。つらつらと彼女が語るのを綾子の背後で耳をそばだて、聞いている。

「洋ちゃんの高校の同級生で、十年以上付き合ってゴールイン。すごくない？」

「あ……すごい、けど……」

綾子が洋平さんに想いを寄せていることは、今日の彼女の態度から早い段階でわかった。サバサバしている綾子のことだから、今に至るまでに一度は告白して玉砕《ぎょくさい》しててもおかしくないなと。——でも小学生の段階で洋平さんに彼女ができていたというなら、どうだろう。

「どんだけ一途《いちず》なんだよ、ってね……」

（よくない）

皮肉っぽく吐き捨てた綾子の言葉から、すぐその背景を想像してしまう自分がいる。それはよくない、と頭の中で引き止める自分もいる。

せっかく今まで綾子の恋を勝手に覗かないよう、決して触れないように気をつけてきたのに、水の泡だ。

（でも——）

綾子は絶対、洋平さんの結婚に対して何か言えない感情を隠し持っている。

気付いてしまったからにはもう——私はこれを言わずにはいられない。

「……告白はしたんだよね？」

前を歩いていた綾子がピタリと足を止める。自分の体より一回りも二回りも大きいダウンジャケットを纏った背中がゆっくりと振り向く。

「明花、まさか…………視た？」

ぐっと低くなった声。緊張した面持《おもも》ち。見開かれた目。

信頼が揺らいでいく瞬間を肌で感じてヒリヒリする。

私はなるべく毅然《きぜん》と答える。

「視てない。でもわかるよ。今日の綾子は変だった」

綾子は自分の態度を振り返りながら眉を顰《ひそ》める。自覚はあるらしい。それに「視た？」とショックを受けていたさっきの表情は——間違いない。


綾子は洋平さんに叶《かな》わぬ恋をしている。


駅はもうすぐそこだった。駅の入り口が見えている。仕事帰りでこれから帰宅する人たちが出てきて、散り散りに消えていく。

私たちはぱらぱらと人が通りすぎていく路地の隅で対峙《たいじ》した。

「別に何も変じゃないよ。ちょっと虫の居所が悪かっただけだから忘れて。ごめん」

綾子の目は半分疑っている。私は「視てない」と答えたけど、本当は綾子の〝恋に落ちる瞬間〟を私が覗いたのではないかと。

半信半疑で相手の言葉なんて素直に聞き入れられないだろう。わかっていながら、私は言葉を止められなかった。――伝えなかった気持ちは、なかったことと同じになってしまう。

「洋平さんに告白しないとっ……！」

星川さんには「理想を押し付けるな」と怒られた。でも私は知っている。言わなかったことを死ぬほど後悔する日がやってくるかもしれないことを。だから目の前で秘されている恋があれば、私は見て見ぬフリができない。

私の訴えに、しばらく黙ってじっとこちらを見ていた綾子は〝ハッ〟と嘲《あざけ》るように笑った。

「告白するって…………洋ちゃんに？」

（…………綾子？）

それは私の言葉に〝腹が立つ〟とか〝傷つく〟とかいうよりも、どこか切なく違和感のある笑い方だった。

「そこから音信不通なんです……」

翌週の英会話スクール、高校生コースのレッスンの後。いつものごとく休憩室で予習をしていた星川さんを捕まえ、私は綾子についての話を聞いてもらった。

私が一通り経緯《いきさつ》を話し終えると星川さんはテキストから顔を上げてこちらを見る。もうすっかり見慣れてしまったげんなりした顔で。

「……よく相槌《あいづち》ゼロで話しきったな……」

〝話を聞いてもらった〟と言ったが、実際は黙々とテキストを読んでいる星川さんに向かって私がひたすら話しかけ続けていた。さながら壁打ちテニス。いや、何も返ってこないから、ゴルフの打ちっぱなし？

「相槌はなかったですけど、星川さん、ちゃんと聞いてくれてるなーと思って」

彼はずっとテキストを読んでいたはずなのに、そのテキストのページが捲《めく》られることは一度もなかった。それに、横顔は私の悩みについて真剣に考えているように見えたから。

「悪いけど全然聞いてなかったよ」

星川さんは肩を竦《すく》め、ちっとも悪いと思っていない様子で言う。演技がかったその仕草がちょっとムカつく。

荷物をまとめてそそくさと次の自分のレッスンの教室に移動しようとしている星川さん。

私は長机の上に頬杖《ほおづえ》をついて嘆《なげ》いた。

「あーあ、どうしたらいいんだろー……。ほとんど唯一《ゆいいつ》の友達みたいなもんなんです、彼女。これで疎遠になったら本当に私ボッチだなぁ……」

「……とっとと謝って仲直りしたほうがいいんじゃない？」

「謝るって、何をですか？」

「事情もよく知らないのに〝告白しろ〟って強要したこと」

「やっぱり話聞いてくれてたんですね！」

わかりやすく〝しまった！〟という顔をする星川さん。もはやコントだ。こんなに考えていることが顔に出る人も珍しいと思う。

私は彼が本当に話を聞いてくれていたことに安堵《あんど》し、彼の提案に返事をする。

「謝るのは、したくないんですよねぇ……」

「謝れないタイプか……」

「違いますよ。悪いと思ったことは謝ります。でも悪いと思ってないのに謝ったりはできません。嘘になるから」

「〝嘘〟ねぇ……」

星川さんは私から逃げることを諦め、パイプ椅子に深く凭《もた》れて腕を組んだ。なんだかんだ言って結局親身になって考えてくれる。彼はお人よし。

自分の考えをベラベラ話すのは好きじゃない。でも星川さん相手だと私はなぜか饒舌《じょうぜつ》になる。

(自分事として聞いてくれるからかな……)

あるいは自分と似たような能力を持っているからか。

「星川さんは〝人が恋を失った瞬間が視える〟ことで、周りの人が自分から離れていった経験ってないですか?」

「うーん……………ない、な」

「一度も?」

「一度も。そもそも誰かに打ち明けたこともなかったし」

「えっ!」

意外だ。彼は高校生の頃に視えるようになったと言っていた。

それに私には結構あっさりと教えてくれたのに……誰にも言ってない? 本当に?

〝なんで私には教えてくれたんです〟と訊きたくて自分を指さした。星川さんは〝たいして深い意味はない〟と言うようにため息をついた。

「それはきみが似たような体質だからだろ」

「体質……」

そうか。星川さんにとったらこれは〝体質〟なのか。似たような能力を持っていても捉え方は違うんだなと、一つ勉強になった。

星川さんは言う。

「久住さんみたいにポジティブなものが視えるならよかったけどさ。〝失恋した瞬間が視える〟なんて誰にも喜ばれないし。今でもけったいな体質だと思ってるよ」

「そうですか……」

「視えたところでなんにも楽しくないしな。恋人の浮気現場を目撃したり、相手の嫌なところが目について幻滅したり……。追体験してるみたいで結構疲れる。共感すると感情を引っ張られすぎるから、視えてしまったものからも距離を置くようにしてる」

「なるほど」

そんな苦労があるとは知らなかった。確かに私の場合、〝恋に落ちる瞬間が視える〟ことには楽しい一面もある。朝に電車の乗客の恋愛事情を覗き見て、少女漫画でも読むかのごとく人の恋愛に対してキュンキュンして満喫している節がある。

小学校の頃はたくさんの人に知られてしまったから人間関係に悪く作用してしまっただけで、一人でひっそり楽しむ分にはいい能力だったのかもしれない。――でもそんなことのために、神様はわざわざ私に能力を与えたの？

星川さんの〝失恋した瞬間が視える〟というチカラも、高校生の頃に突然芽生えたなら何か意味があるような気がして。私の〝恋に落ちた瞬間が視える〟というチカラにも、他でもない私に芽生えた意味がどこかにあるような気がして。

――〝何か意味がある〟と信じていないと、私の学生生活は〝何の意味もない能力に引っ掻き回されただけ〟になってしまうから、それがすごく嫌だった。

「ほんとは普通に相談されたかったんです」

長机の上にぱたりと頭を伏せる。星川さんが「うん」と相槌を打つのが聞こえる。

「たった一人の友達だから、勝手に彼女の恋を視たりなんかして嫌われるのがいやでした。だから能力のことを正直に話して、彼女にも協力してもらって、絶対に触れないように注意してた」

「うん」

「当たり前のように、私たちの間でお互いの恋愛に関する話はタブーになってしまったんですけど……それって寂しくないですか？」

一番近い友達だと思っているのに、同世代の女の子たちが当たり前にしている会話が私たちにはできない。綾子が学校の友達とは恋愛相談をしてたのかなと思うと、不毛だとわかっているのに嫉妬《しっと》する。〝どうして私には話してくれなかったんだろう？〟と。

私が小賢《こざか》しい能力を持っているからだ。

「私、知らなかったんです。学校が違っても彼女とはずっと仲がよかったのに。綾子がお隣のお兄さんのことを好きだなんて全然知らなかった」

なんだかいじけた言い方になってしまった。いや、実際いじけているのか。自分の中のこういう、悪い意味で女子っぽいところに気付くとうんざりする。どうしようもないことは全部、どうでもよくなればいいのに……。

ひたすら話を聞いていた星川さんは、そこで初めて「うん」以外の言葉を発した。

「言えないのは言えないなりの理由があるんだろ。いくら幼馴染みだからって、きみが無理強《じ》いするもんじゃないよ」

「……でも、いつ伝えられなくなるかもわからないのに……」

「だからそれはきみの価値観だって」

前と同じ言葉でたしなめられた。そんなことはわかっている。わかっているけど……。

星川さんが隣の席から立ち上がった。そろそろ雅美先生のレッスンが始まる時間だ。テキストと筆記用具をまとめ、床に置いていたバッグを拾い上げる。

「なんにせよ、さっさと自分から謝って仲直りすることだな。余計な詮索《せんさく》やゴリ押しはせずにただ謝る。たぶんそれでなんとかなる」

「だから、悪いと思ってないことは謝れないって――」

「それが正しいと思ってるみたいだけど場合によりけりだぞ。幼稚園からの幼馴染みなんて、そんな長い付き合い、誰にでもあるもんじゃないんだから大事にしないと。完全に縁が切れたらもう喧嘩も仲直りもできない」

そんな忠告を残して、星川さんは休憩室を出ていった。

取り残された私は彼の放った最後の一言を咀嚼《そしやく》し、思った。

「……それは嫌だなぁ」

〝完全に縁が切れたらもう喧嘩も仲直りもできない〟

なかなかに刺さる言葉だ。


とは言っても星川さんの言葉に素直に説得される私ではなかった。私も帰ろうとバッグを担《かつ》ぎ、頭の中で〝どうすれば綾子は洋平さんに告白する気になるか〟を考える。

(綾子には絶対、後悔してほしくない)

たとえ絶縁されてしまうかもしれなくても、やっぱり見て見ぬフリはできないと思った。

スクールを出ていく間際《まぎわ》、雅美先生と星川さんが使っている教室を横目に見る。ドアの窓越しに見える二人は真剣な顔で会話をしている。声は聞こえない。でもこの感じだと、星川さんの英語はだいぶ上達しているのでは、と思う。

階段を下り、スクールが入っているビルの外に出たところで私は〝ハッ!〟と思い出した。

(またマフラー返し忘れた……!)

一体いつまでバッグに入れて持ち運ぶつもりなのか……!

もう一度階段を上って返しに行くべき？　でもレッスンは始まっているし……。受付のお姉さんに預けてレッスン終わりの星川さんに渡してもらうという手もある。

（……いやいや）

ダメでしょ。こんなに長いこと借りっぱなしなんだから、ちゃんと手渡しで返して謝らないと。

このマフラーにはもう少し鞄《かばん》の中で眠っていてもらうことにして、駅に向かって歩き出そうとした。

「──明花？」

「えっ」

不意に名前を呼ばれて顔を上げた。私のことを「明花」と下の名前で呼ぶ人なんて、数えるほどしかいない。親や親戚以外では、今はもう──綾子くらいしかいないのだ。

私は戸惑《とまど》いを隠せず、ぽつりと零《こぼ》した。

「……どうしてここに」

綾子は友達といるわけでもなく、一人だった。放課後帰宅して一度着替えたのか、私服で、上着には暖かそうなダッフルコートを着込んでいる。髪は珍しくハーフアップ。いつもの綾子よりも少し大人っぽく見える。

綾子の足は、今しがた私が出てきたばかりのビルの入り口に向いていた。ここに何か用事があって来た？　このビルの中には、私が通う英会話スクールの他にもテナントが入っている。ちらりと入り口のフロアガイドに目をやる。記載があるのは税理士事務所やエステ、理髪店くらい。どれも綾子に用事がありそうなものじゃない。

「明花こそ、なんで……」

「私は、ここの英会話スクールに通ってて――」

説明しながら私は、綾子の苦手科目が英語であることを思い出した。

「綾子もここに通うの？　あっ……見学、とか……？」

最近のメッセージを全部無視されている手前、緊張していた。自分の声が不自然にふわふわと浮いているのを感じる。しっかりして、と自分に苛立《いらだ》つ。

綾子は何かを逡巡して、それから目をそらして言った。

「明花には関係ない」

あっ、そうですか……。

拒絶の言葉に軽くショックを受け、同時にカチンと頭にきていた。

（…………〝関係ない〟？）

そうなのかもしれない。私に綾子のすべてを知る権利なんてない。言われてしまえば確かにそうだ。でも――〝関係ない〟の一言で済ませたら、それで終わっちゃうでしょう。

「どうでもいい相手なら私だってこんな気にしないよ。〝洋平さんに告白しろ〟とも言わない」

「……だから別に私、洋ちゃんのことは……」

綾子が目を伏せたまま言葉を濁す。

私は自分の言った言葉に腑《ふ》に落ちていた。綾子だからどうでもよくない。私にはいろんな人の〝恋に落ちた瞬間〟が視えるけど、その一人一人に「告白すべき！」と言っているわけじゃあない。絶対に後悔してほしくない身近な人と——星川さんくらい。

「好きな人には好きって言わなきゃダメ」

同じ主張を繰り返す。綾子は苦々しい表情で唇を噛む。私の言葉を聞き入れるつもりがないと首を横に振る。

「ほんとにもう……いい加減にして。どうしちゃったの？　明花、そんなにウザいタイプだったっけ？」

「ウザいタイプだったよ昔から。だから綾子以外に友達がいないの」

「…………性格なおして友達つくりなよ」

一理ある。でも私の場合は性格だけが問題じゃない。人の恋を覗けてしまうと知ってもなお友達でいてくれたのは綾子だけだった。彼女もそれを知っているから、言ったそばから自分の言葉に傷ついて、痛そうにしている。

私は淡々と話し続ける。

「綾子にだけは嫌われないように我慢してた」

一度〝ウザい〟と思われてしまったなら、もうとことんだ。ほんとは今よりもっと前に、ずっと前から綾子に言いたかったことがある。

「ただでさえ〝視えちゃう〟体質だから触れないよう綾子にも協力してってお願いしてたし、その時点で普通の友達との関係とちょっと違うのは、仕方ないって思ってた。全部私のせいだから」

「……〝明花のせい〟だなんて思ってないよ」

綾子がそんな風に思わないことは知っている。長い時間一緒に遊んできた中でも、綾子からこの能力について悪く言われた記憶は一度もない。でもこの能力が、私たちの間に隔《へだ》たりを作っているのは確かだった。

「仕方ないってわかってるけど、明らかに恋愛の話を避けてるのには違和感があった。ほんとはもっと、なんだって話せる仲になりたかった。綾子と、ちゃんと………親友になりたかった」

「……〝今はそうじゃない〟みたいな言い方するんだね」

「………え？」

言葉の意味を探ろうと見つめても、彼女はさっきからずっと俯いたまま。真剣に話している言葉を受け取ってもらえているのか不安になり、私は綾子の顔を覗き込む。気付いた綾子がハッとして拒絶する。

「ちょっ、と……！　やめて！」

「綾子には、綾子の好きな相手にちゃんと気持ちを伝えてほしい」

「もうっ……それはいいから。無責任に〝告白しろ〟なんて言わないで！　私の気持ちなんて知らないくせに！」

「知るわけないでしょう！　だって、何も聞かされてないのにっ……」

〝関係ない〟〝知らないくせに〟という言葉で隠された部分に、綾子の本心がある。そこに触れない関係を〝親友〟と呼べるか？　──逆に、ちゃんと〝親友〟だったなら、私はその話を聞かせてもらえたのか。

「っ……」

　言葉に詰まった綾子は持っていたバッグで顔を隠し、自分と私の間に防御壁を作った。

　綾子に触れれば秘密を知ることはできる。でもそれでは意味がなかった。彼女の口から、彼女の言葉で聞いた話でなければ。それでもこんなに痛そうに気持ちを隠している綾子を、見て見ぬフリはやっぱり、できない。

「綾子はそうやって、意気地がないのを誤魔化してるだけでしょう⁉」

　私たちの間を隔てるバッグに手を掛け、綾子と無理やりにでも視線を合わせようとしたとき──勢いあまって手の一部が触れ合った。私が〝しまった〟と思うと同時に綾子もそれに気付き、バッグの向こうに覗いている顔が青ざめていく。

「――いやっ!!」

短い悲鳴のような拒絶が聞こえ、〝バッ!〟と綾子の手が大きく振り上げられるのを感じた。私は殴《なぐ》られる衝撃に備え、目を閉じて歯を食いしばる。触れ合ったのはほんの一瞬だったから、頭の中には何の映像も流れてこなかった。――何をやってるんだろう。怒らせるとわかっていたのに黙っていることができず、友達を傷つけて。

(私のやり方は、やっぱり間違ってるのかな……)

それなら私は、今ここで殴られるのが正解だ。


覚悟して目を閉じていたのに、私の頬に痛みはなかった。

(……あれ?)

代わりに綾子以外の人の気配と、声が聞こえてきた。

「あっ――ぶない、なっ……これだから十代は!」

「えっ……!」

この声は……星川さん?

ぎゅっと閉じていた目をゆっくりと開く。真っ暗な状態で聞こえていた声は、目の前の光景を見ることで〝ああ星川さんだった〟と確信できた。

目の前では綾子が私に向かって振り下ろそうとしていた手を、星川さんが背後から摑んで間一髪《かんいっぱつ》のところで止めていた。——当然、見知らぬサラリーマンから急に腕を摑まれた綾子は当惑している。

「なっ……なんなんですかあなたは！」

「あっ、急にごめん………でも……手を出すのはどうかと思うぞ！　小さい子どもじゃないんだから話し合って解決しなさい！」

「だからなんなんですか！　手を放してください！」

「あっ、ごめん……でもまたすぐ叩きそうだから。ちょっとこのまま落ち着いてくれ」

どうどう……と、こっちも見知らぬはずの女子高生をなだめている星川さん。

なにこの光景？　陳腐《ちんぷ》すぎてびっくりする。

「星川さん……いまレッスン中じゃないんですか？」

星川さんは呆れたという顔で答える。

「ほんとだよ……どうしてくれるんだ、高いレッスン料払ってるのに。スピーキングテスト中だったんだぞ。……外から喧嘩の声がしたらそりゃ止めに来るだろ……」

星川さんはまたエレベーターを使わず階段を駆け下りてきたようで、ゼェゼェを息を切らし、冬だというのにうっすら汗をかいている。

なんか最近もこんな星川さんを見た気がするな。……女上司さんの件のときか。あの時も私が一階で「死なないで！」と叫んだから、星川さんは慌てて飛んできたんだった。

「明花の知り合い……？」

険悪な感情より、このシチュエーションへの違和感が勝ったのだろう。綾子は星川さんに片方の手首を拘束されたまま、もう片方の手で彼を指さした。すかさず星川さんが「人を指さすな！」と文句を言う。

なんだかおかしくなってしまって、声を漏らして笑ってしまった。

私はおどけてこう答えた。

「うん。私のお兄ちゃん」

「誰がだ！　さらっと嘘をつくんじゃない！」

即座に反応してくれるお人よし。ほんとに、サラリーマンにしておくのが惜しいくらいの反射速度ですよ。営業マンより芸人のほうが向いてるんじゃないですか？

そんな冗談はまた後で星川さんと二人きりのときに話すとして……。

不審そうに星川さんを見る綾子に説明する。

「星川諒二《りょうじ》さん。このビルに入ってる英会話スクールに通ってて、休憩時間にいつも一緒におしゃべりしてる」

「そう、なんだ……」

私にとって馴染みがある人だとわかると不審な気持ちが薄らいだのか、綾子の顔の緊張が少しだけ解ける。

　星川さんは異論ありそうに私を見たものの特に何も言わなかった。綾子の手首を掴んだまま自らの呼吸を整え、平常に戻ってきたタイミングで私に向かって尋ねる。

「この子が例の、久住さんの唯一の友達？」

「……そうです」

　私が頷いて肯定すると、綾子は居心地が悪そうに口を変な形に結ぶ。

「それなら、久住さんの変わった体質のことも知ってるんだよな？」

「……〝人が恋に落ちた瞬間が視える〟ってやつですか？　知ってますけど……」

　答えながら、綾子は〝なぜあなたがそれを？〟と眉を顰める。私も私で不思議だった。どうして今、星川さんが私の能力の話をする必要があるんだろう？

「それなら話が早いと思って」

　星川さんはいつの間にか真剣な顔をしている。

「俺も似たようなもんなんだ。俺にも、触れた相手の恋愛が視える」

　綾子の目がゆっくり見開かれていき――星川さんの言葉を理解するなり、綾子は〝バッ！〟と勢いよく彼の手を振りほどいた。私と手が触れ合ってしまったときの反応と同じ。

　反射的な拒絶。気が立った猫のように肩を怒らせている。

　星川さんは気圧《けお》されることなく、深く嘆息《たんそく》してこう付け足した。

「――まあ、久住さんと違って俺に視えるのは〝人が恋を失った瞬間〟なんだけど」

「…………視たんですか?」

綾子の唇が震えているように見えた。星川さんの手を振り払った瞬間は激昂《げっこう》しているように見えたが、今は何かにひどく怯《おび》えているように見える。

(……綾子?)

なんだかちょっと様子がおかしい。

星川さんは困った顔でぽりぽりと自分の頭を掻き、言いにくそうに答える。

「うん……ごめん、視えた。個人的なことだし、視えてもいつもは黙ってるんだけどさ……一つだけ言ってもいいかな」

綾子と星川さんの間に緊張が漂う。綾子だけでなく、星川さんもどこかいつもと違うような気がした。現れてすぐはいつもの星川さんだったから、変わるきっかけがあったとすれば綾子の〝恋を失った瞬間〟を視たこと?

さっき休憩室で私と話していたとき、星川さんは「共感すると感情を引っ張られすぎるから、視えてしまったものからも距離を置くようにしてる」と言っていた。

(綾子の失恋はそれほど重く苦しいものだった……?)

たっぷり間を置いて、綾子が聞く姿勢を見せる。

「……なんです?」

「きみは意気地なしなんかじゃない」

星川さんの主張はその一言から始まった。

「〝好きな相手に自分の気持ちを伝えない〟って点においては、きみは意気地なしじゃない。自分が伝えてしまったら周りの人にどんな影響があるか想像して、その上で黙っていようって決めたんだよな。勇気があって、格好いい決断だと俺は思うよ」

私とはまったく正反対の言葉で、星川さんが綾子に理解を示す。綾子の失恋をその目で視た星川さんの言葉には妙な説得力が生まれていた。

（勝手なことを言ってっ……）

そんな単純な肯定の言葉で、綾子が本心を吐き出せる機会を奪うのはやめてほしい。この先それで綾子がひどく傷つく日が来たらどうしてくれる。

私がいつものごとく噛みついて、また綾子に嫌われるような言葉をぶつけようと口を開くと——星川さんの話は、まだ続いていた。

「でも〝人を信じる〟という点では、きみはとても臆病だと思う」

唐突な否定。優しい言葉に気を緩めかけていた綾子の表情が一気に硬くなる。

（〝人を信じる〟って……？）

星川さんは一体、何の話をしているんだろう。口を挟むタイミングを逃してじっと二人を見守っている私を、星川さんがチラッと一瞥《いちべつ》してきた。

(え、なに?)

私に何か言うわけでもなく、星川さんは綾子に言う。

「友達のことはもう少し信用していいと思うよ」

「……信用していないわけじゃありません」

ふるふると首を横に振る綾子。彼女はこっちを見ようとしない。返事をしながら星川さんに目で〝やめてくれ〟と訴えかけているように見えた。——何かを私に隠してる?

「きみが何を打ち明けても、久住さんはきみを嫌いにはならないと思うけど」

「やめてください!!」

(私?)

なんだか変な感じだ。自分は蚊帳《かや》の外だと思っていたらそうでもないらしく、でも、自分にどう関係があるのかは伏せられたまま。二人の会話にまったくピンとこない。綾子の秘密を知った星川さんも教えてはくれない。

二人は見つめ合ったまま黙り込み、目だけで会話しているように見えた。——そしてしばらくすると星川さんがふっと肩の力を抜いた。

「わかった。きみの気持ちを尊重する。聞いてくれてありがとう」

星川さんのほうが折れたらしい。

あんな気になる会話を私に聞かせておいて、一人で納得されても困る。綾子が私に黙っていること。私に話せば〝嫌われるかもしれない〟と思ってること？　何それ。想像もつかない。

悶々とした気持ちで一部始終を見守っていた私を気にして、綾子がついにちらっとこっちを見た。何を言われるんだろう……と一瞬身構えた私に、彼女はぽつりと零す。

「私……明花のこと大事な友達だと思ってる。それでも……知られたくないことは、あるんだよ」

「え……」

どう受け取っていいのか迷う言葉だった。まだ〝大事な友達〟と言ってもらえたことに安堵し、〝それでも知られたくない〟と言われたことにやるせなさを感じた。

――どうしてそんなに苦しそうにしているの？

どんな言葉を返そうか迷っているうちに、また違う種類の声が投げ込まれる。

「ほっ……星川さん！　急に教室を飛び出していかれたら困りますっ……！」

星川さんに遅れること数分。雅美先生までビルから出てきた。ヒールの高い靴で走りにくそうに、慎重に小走りで駆けてくる。

講師は勝手に持ち場を離れてくるわけにはいかなかったのだろう。レッスンをほっぽり出した星川さんを追いかけることを事務所にきちんと報告し、ここにやってきたに違いない。時間差はあったものの星川さんと同じくらい疲れていた。

雅美先生が星川さんを注意し始める――かと思いきや。雅美先生はこの場にいるメンバーの顔を見回し、意外な人物のところで目を止めた。きょとんとして目を剝《む》く雅美先生。相手のほうが先に声を発する。

「雅美お姉ちゃん……」

「あれ!? 綾子ちゃん……どうしたのこんなところで！」

「いや、あの……ええっと……」

え、この二人知り合いだったの……？ と一瞬だけ困惑《こんわく》した。ちょうどその時、雅美先生が驚いて自分の口に当てていた手に――キラリと光る婚約指を見つけて、思い出した。雅美先生も最近婚約したと言っていた。

ということは。洋平さんが高校時代から付き合っていた結婚相手というのは――。

私と星川さんに紹介しようと、雅美先生は綾子の両肩にぽんと手を載せながら笑って言った。

「〝妹みたいな存在ができるんです〟って前にお話ししてたでしょう？ それ、この子のことなんです。結婚する彼の実家の隣の家に住んでて――って言っても、十年以上前から知り合いなのでもうとっくに実の妹みたいな感じなんですけど！」

紹介された綾子のほうはというと、照れ臭そうに頬を染めて俯いている。その様子は、私が思い浮かべていた関係性とは違っていた。もっとなんか、こう……綾子はお姉さんのことが苦手なんだと思っていた。でも今目の前で肩に手を置かれている彼女は、満更《まんざら》でもなさそうな顔をしている。

「でもほんとにどうしたの？　職場に来るなんて初めてだよね？」

肩に手を置いたまま綾子の顔を覗き込む雅美先生。

雅美先生と綾子が知り合いだというなら、綾子がここにやってきた理由は雅美先生にあると見てまず間違いないだろう。

綾子は外野である私や星川さんをちらりと気にしつつ、雅美先生の質問に答える。

「ちょっと……雅美お姉ちゃんに話したいことがあったから」

「そうなの？　それなら私、今日も洋くんちに行くよ。家のほうが暖かいしあっちで待ってたほうが……」

「それじゃダメっ……洋ちゃんがいないところじゃないとっ！」

綾子の声は切実だった。それを雅美先生も感じ取ったのか、彼女は星川さんに対して目配せをする。申し訳なさそうに。

本来は星川さんのレッスンの時間だから、星川さんを優先するのが筋だ。しかし、自分が真っ先に教室を飛び出してきた星川さんはそんなことを気にするタイプじゃない。雅美先生の目配せに、星川さんは〝どーぞどーぞ〟と目で促していた。

雅美先生は優しく微笑み、嘆息して「じゃあちょっとだけなら」と綾子に言った。

私と星川さんは横目にアイコンタクトを取り合う。〝自分たちがここにいたら綾子がしゃべりにくいんじゃないか〟と、同じことを考えたらしい。秘密は気になるけど、綾子から圧をかけられる前に退散しようかと思った。

しかし私たちが立ち去るのを待たず、綾子は話し始める。

「最近…………雅美お姉ちゃんに変な態度取っちゃったから、謝りたくて」

「ああ……なんだ、そんなこと？　全然いいよ」

雅美先生はレッスンの時と同じようにおおらかな笑顔を見せる。はっきりとした目鼻立ちは一見するとキツく冷たい印象だけど、一対一で話すとすごく雰囲気が柔らかくなる。裏表がなくて、誰に対しても分け隔てなく優しい。綾子が〝いつかあんな大人になりたいなって思う〟と言っていた相手も、雅美先生のことだとわかると頷ける。

「晩御飯に呼んでくれても行かなかったり……結婚のことも、せっかく直接伝えに来てくれたのに、ちゃんと聞かなくて本当にごめんなさい」

綾子の家に行った日のことを思い出す。仕事帰りの洋平さんと遭遇し、雅美先生がいる夕飯の席に誘われるとものすごい剣幕で拒否していた。あれにはやっぱり失恋が関係していたんだ。

（そこまで洋平さんのことを……）

綾子は洋平さんの結婚をうまく受け入れられなかった。だから雅美先生ともどう接していいかわからなくなってしまって、避けるような態度を取っていた。

私と同じように感じ取ったらしい雅美先生は、後味の悪さを残さないよう努めて明るくフォローしていた。

「ううん、いいの。綾子ちゃんからしたら、〝お兄ちゃんを取られた〟みたいな気分になるよねぇ。私もちょっと無神経だったなって……」

「違う」

綾子は首を横に振る。

雅美先生は意外そうな顔をする。私も、たぶん雅美先生と同じような顔をしていた。

（違うの？　……違わないでしょう？）

認めたくないから「違う」と言っているだけなんだと思った。しかし、それにしては綾子の目はまっすぐで、澄んだ瞳でじっと雅美先生のことを見つめていた。

「そんなんじゃないの。そんなんじゃ、なくて……」

言葉をたっぷり溜めながら、伝えるべき言葉を慎重に選んでいる……そんな感じだった。

気まずい関係から逃げるための言葉じゃなく、もっと大事な言葉を選んでいる。

「私……雅美お姉ちゃんにずっと憧れてた。お姉ちゃんが高校生のとき、洋ちゃんの家に遊びに来たときから、ずっと……」

心を決めたらしい綾子は、そっと言葉を放つ。


「私、お姉ちゃんのことが好き」


寒空の下、ビルの前の時間が止まる。真剣な言葉を投げた綾子と、それを受け取った雅美先生。目撃者となった星川さんと私。

雅美先生は最初啞然としていて、徐々に照れたように半笑いになって、今にも「何？もう、照れるじゃない！」と言い出しそうな雰囲気。しかし雅美先生が返事をするよりも早く、綾子が言葉を付け足す。

「もちろん、洋ちゃんのことも好き！　あの、だから……大好きな二人が一緒になったら、たぶんもっと好きになると思う。二人は絶対に、素敵な夫婦になるからっ……ええっと」

しどろもどろになっていく。自分でも〝何を言っているのかわからない〟という様子の綾子。緊張が極限に達しているのか、半泣きになっている。

雅美先生は茶化すのをやめたらしい。綾子が落ち着いて自分の言葉で話せるようになるのを待って、「うん」と静かな相槌を打つ。綾子は雅美先生のそんな反応に、更にくしゃっと顔を歪《ゆが》めて、今にも泣きだしそうな顔で。

「……幸せになってね、お姉ちゃん」

——そう言った。

結局、その後は綾子が号泣《ごうきゅう》してしまい、雅美先生と星川さんはレッスンに戻る空気ではなくなってしまった。今日潰《つぶ》れてしまった分は次回のレッスンを延長して補塡《ほてん》されることに。

——そして二日後の今日、水曜日の夕方。私は今日も今日とて、自分のレッスン終わりに、休憩室で予習をしている星川さんに絡んでいた。全力で。

「雅美先生、さっきの時間はいつも通り元気でしたよ」

「そう」

「綾子からもあの後〝ごめん〟ってメッセージが来て、それからはいつも通りです。来週は一緒に遊びに行く約束しました」

「ふーん。あっそう」

星川さんはあくまで興味のない態度を取る。だけど私は知っている。星川さんはその後の雅美先生と綾子の関係を気にしていただろうし、私と綾子が仲直りできたのかも心配してくれていたということを。星川さんはそういう人だと、知っている。

素っ気《そけ》ない返事をしたくせに、横顔はどことなく機嫌がいい。つくづくお人よしだなぁと思いながら、私は彼の隣の席で自分の腕を枕に頭を伏せた。

「でも……綾子はあれで本当にすっきりしたんですかね？」

「え？」

「なんだか〝雅美先生に一世一代の告白をした〟って雰囲気でしたけど、本来あれは洋平さんに伝えるべき告白ですよね？　あの後に洋平さんにも伝えたのかなぁ……」

ぼやいたものの、星川さんからの返事はなかった。〝ここで無視ですかー〟と虚《むな》しい気持ちになって、伏せた位置から星川さんを見上げると、予想に反して彼はこっちを見ていた。

目をパチパチさせて。

「…………驚いた。久住さん、意外と鈍《にぶ》いんだな」

「え……？」

腑に落ちず、上体を起こして体ごと星川さんのほうに向きなおる。教えを乞《こ》う姿勢。綾子の失恋を視た星川さんは、何か私の知らないことを知っている？

「ど……どういう意味ですか？」

「あ、ごめん。無理」

手のひらを目の前に突き出される。

「俺が勝手に話せることは何もない。綾子ちゃんとは〝きみの気持ちを尊重する〟って約束したし……破ると恨まれそうだしな」

「えぇっ……」

「ほんとですか……？」

「それに、綾子ちゃんのほうから久住さんに話せる日が来ると思う」

「うん。この先も友達でいるなら、いつかはね」

それなら、この先も友達をやめるつもりはないからいつかはわかるんだろう。渋々自分を納得させる。

自分でもわかっていた。星川さんから真実を聞き出したって何も意味がない。

ただ、〝相手を好きな気持ちを隠す〟という選択が、私にはやっぱりまだよく理解できないのだった。

「別に洋平さんに告白したところで、今の関係が壊れるわけでもないと思うんですけどねえ……」

それに対して星川さんは、もう何も答えてくれない。

そしてしばらくして、星川さんは「雅美先生は本当に罪な女《ひと》だよ」と言った。

わかるような、わからないような……。

やっぱりよくわからないので、私は適当に「そうですね」と返事をした。

3. 悪女失格

「それでは――今期の第二営業部メンバーの頑張りへの感謝と、来期の更なる飛躍を祈念して――乾杯！」

池田《いけだ》部長の発声に合わせ、一同グラスを掲《かか》げて「乾杯！」と声を出す。近くにいた人と一通りグラスを触れ合わせて回ること数秒、カラカラに渇《かわ》いていた喉《のど》にビールを流し込む。程なくして会場には拍手が溢《あふ》れた。

第二営業部全体での飲み会は年に四回。毎年四半期決算を終えるたびに開催される。店は固定で決まっており、池田部長が店主と懇意《こんい》にしている創作居酒屋が会場となる。地酒の種類が飛びぬけて多く、それに合うアテが充実している。二階の座敷を貸し切れるのも良かった。二列のテーブルに第二営業部の三十人がちょうどよく収まる。キツキツに詰め込まれる窮屈《きゅうくつ》さは感じないし、反対にスペースを持て余して離れすぎることもない。部会にはもってこいの店だ。

俺が幹事をしていた時代はとうに過ぎ去り、今では新入社員と入社三年目の若手が取り仕切っている。せかせかと働く若手を見ていると、〝自分もオッサンになったなぁ〟と実感する。

蟹江《かにえ》さんがシンガポール支社に発《た》ってから一カ月が経《た》った。こういう宴席でコロコロと笑っていた蟹江さんはもういない。元々こういう席で目立ったことをするタイプでもなかったのだが、いつも彼女にお酌《しゃく》に行っていたので変な感じだ。意外とこういうところで、彼女の抜けた穴を実感したりする。

(小田原《おだわら》もそうなのかな)

ちらりと隣の小田原に目を向けた。既《すで》に乾杯のビールを空にして、突き出しの枝豆をもそもそと食べている。

座席は店に到着した順で決まった。空席を作らないよう、管理職以外は到着した順で詰めて座るよう幹事に促され、結果として俺は小田原と並んで座ることになった。

(席順なんてクジにすればいいものを……)

同じチームで声を掛け合って会場に向かうことが多いんだから、到着順で座らせてたらいつもと変わり映《ば》えしないメンバーが固まるに決まってるだろ。何故《なぜ》さっきまで一緒に打ち合わせしていた小田原の顔を見ながら酒を飲まねばならんのか……。

(でも、まあ)

新鮮かもしれない。よく考えたら、小田原としっかり酒を飲んだことってなかったかも。残業終わりにチームで晩飯を食べに行くことはあったけど、蟹江さんがいた頃は〝飲み〟というより〝御飯〟だったから。

せっかくだから普段しないような、プライベートに突っ込んだ話でもしてみようか。

「小田原さぁ」

話しかけながら小田原のグラスに片手でビールを注ぐ。小田原は「ああ、すみません」と頭を下げながらグラスを持って傾ける。グラスの中で波打つ金色のビール。

「蟹江さんとはうまくやってんの？　捨てられてない？」

〝じろっ〟と眼鏡の奥の目が睨《にら》みをきかせてくる。あれ。蟹江さんの話NG……？

微力ながら仲を取り持ってやったのにそこまで邪険にせんでも……と切なくなっていると、小田原はぶっきらぼうに言った。

「捨てられてません。ご心配なく」

(……あ、気に入らなかったのソコか……)

〝縁起《えんぎ》でもないこと言うな〟ってことか。それは失礼した。っていうか、意外と余裕ないんだな……。

「連絡はとってるのか？」

「……はい。まあ、そこそこ」

「蟹江さん元気にしてる？」

「ええ、まあ。はい」

「…………」

なるほど。何もわからん……。

交際については蟹江さんから口止めをされているのか、はたまた本人が秘密主義なのか。たぶん後者なんだろうな。恋愛に限らず、小田原のプライベートの話ってあんまり聞いたことないし……。

話したくないことを無理やり聞き出すこともないかと、諦《あきら》めて俺は酒を勧《すす》めることに徹した。「まあ飲め」と再びビール瓶を傾けると、小田原は自分のグラスでそれを受ける。早くもビール三杯目。

（ちょっとペース速すぎか……？）

小田原って酒強いんだったかな。どうだったたっけ……。

俺が思い出せずにいるうちに、彼は〝グッ！〟と呷《あお》って――みるみるうちにグラス一杯を飲み干してしまった。

「え…………あ、いや、今のそういうんじゃないから。アルハラじゃないから。無理しないで自分のペースで飲めよ……？」

「や、大丈夫です。自分、酒好きなんで」

そうなのか……それは知らんかった。

小田原の言葉に偽《いつわ》りはなく、その後も彼はハイペースで酒を空け続けた。ビール・酎《ちゅう》ハイに始まり、焼酎、日本酒、たまにマッコリ。

（おいおいおい……）

相変わらず口数少なく黙々と飲んでいる。おとなしくしているから害はないが、〝そんなに飲んで大丈夫か？〟と傍目《はため》に心配になるほど。

「小田原………お前、さっきからひたすら飲んでるけど」

「ここの酒、美味《おい》しいです」

「いやそれはわかるけど……」

まあ……誰に迷惑かけるでもなし、飲み放題だし別にいいか。酒量なんて人によるもんな……。

そう自分を納得させ、小田原の手元で次々と入れ替わる酒の種類を見送りながら、俺も酒とアテを楽しんでいたのだが——宴もたけなわ、もうそろそろ締め時かという段になって、変化は起きた。

「——星川《ほしかわ》さんッ！」

「はいっ⁉」

大声で名前を呼ばれて伸び上がる。呼んだのは小田原で、俺は声のボリュームに驚くあまり小田原相手に「はい」と返事してしまった。ザワザワしていた宴席が静まり返り、俺たちに注目が集まる。

小田原は自分が視線を集めていることにも気付いていないらしく、上体をテーブルの上に倒しながらまっすぐ俺の目を見て話しかけてきた。

「黙っておこうと思ってたんですけど——聞いてくれますか?」

焦点はあまり定まっていなかった。

(……ベロベロじゃないか!)

ほら言わんこっちゃない! そりゃあんだけ飲めば酔うよな。酔うに決まっている。あまりにケロッとしているから大丈夫な気がしていたけど、小田原はあるラインを越えると急にダメになるタイプらしい。

俺が「聞く」と返事するのも待たず、彼は勝手に話し始めた。

「蟹江さんのことなんですけど……」

あっ、しかも話題ソレ……?

個人的に興味はあるから聞くのはやぶさかではないが、今話すのはどうだろう。お前が大声出すから、みんな聞き耳立ててるけどいいの? 明日には社内で噂《うわさ》されるやつだぞ。

「今のところほぼ毎晩、電話してるんですけどね……」

おおおお……。そうなのか。

（蟹江さんと毎晩、電話……）

羨《うらや》ましいやら想像できないやら、複雑な想いが胸中に渦巻く。どんな話をするんだろうか。っていうかどんなテンションで？　会社での二人を知っているだけに、その二人が恋人というのはなんだか生々しい。周囲も「蟹江さんと電話だって……！」と興味津々《しんしん》だ。

第二営業部の面々が、小田原がする蟹江さんの話の続きを息を殺して待ちわびるなか――小田原の話は思わぬ方向へと飛んだ。

「受付に〝鮎沢《あゆざわ》さん〟って子、いるでしょう？」

「え？　ああ……〝潰《つぶ》しの鮎沢〟さんね」

その名前が出た途端、周りの温度がグッと下がった。女性陣は〝すんっ……〟と真顔になり、男性陣は居心地悪そうにサッと目を伏せる。

（なぜここでその名前が……？）

――受付の鮎沢さん。

その噂はかねがね聞いている。……というか、視《み》ている。その子に振られたという同僚には何人か心当たりがあった。

最近うちの会社のビルの一階受付に派遣されてきた、鮎沢絹《きぬ》さん。二十七歳。〝受付にいるとしっくりくる、華やかさと人懐《ひとなつ》っこさをバランスよく兼ね備えた人〟というのが第一印象だった。出勤時や往訪《おうほう》で外出する時、受付の前を通ると「おはようございます」「お疲れ様です」と声をかけてくれる彼女は、彼女の前任の受付よりも愛想がいいと最初は評判になっていたほどだ。

それがこの一カ月の間に、そこかしこで彼女の株が急落している。聞いた話によると彼女は典型的な男たらし。寄ってくる男には全員に愛想を振りまき、食事に誘われれば断らず、最終的には全員きっちり振るという。

最初のうちは俺も、彼女の悪評は〝振られた男の逆恨《さかうら》みじゃないのか？〟くらいに思っていたのだが——思わせぶりな態度だったにもかかわらず「そんなつもりじゃなかったんです～」と言って振られた！　という男が後をたたず、俺も同様の失恋シーンをいくつも視てしまったので、鮎沢さんの肩を持つことができなくなってしまった。

いつの間にかついていたあだ名が〝潰しの鮎沢〟（このあだ名はちょっとどうかと思うが）。

「その鮎沢さんがどうしたって？」

今は蟹江さんとの話をしていたんじゃなかったか。他の女性の名前を出すなんていい度胸だな。今度蟹江さんにチクってやろう。

しかし残念なことに小田原の話はきちんと繋がっていて、会話は引き続き蟹江さんに関するものだった。

「蟹江さんが電話で鮎沢さんの名前を出してきたんです。噂のことなんて、一体どこから聞いたんでしょう？　ちょっと不機嫌な声になって〝誑《たぶら》かされてないでしょうね〟って訊いてくるんですよ」

「……ほー」

蟹江さん。意外と独占欲が強いらしい。

あんなサバサバしてそうなのに、それは…………萌《も》えるな。

「かぁぁわいくないですかっ!?」

急にデカくなった小田原の声に俺はまた〝びくぅっ！〟としてしまった。普段無口な男の大声は心臓に悪い。

小田原は見たことのないデレデレ顔で惚気《のろけ》る。

「〝電話の向こうでどんな顔して言ってるんだろう〟って！　はー！　抱きしめたい！」

「やかましい！」

しかもなんだそのテンション！

周りで傍観《ぼうかん》している第二営業部の面々は笑いを噛み殺してヒーヒー言いながら、スマートフォンでビデオを回している。小田原。お前明日死ぬんじゃなかろうか……。

突発的な大声を警戒しつつ、怖々尋《たず》ねる。

「お前そんなキャラだったっけ……？」

「キャラも何もないです。恋人いない歴イコール年齢で、恋愛耐性ゼロなところに急に恋人ができたんです。そりゃおかしくもなりますよ……」

「………おお……」

「蟹江さんが俺をおかしくしたんです……」

今そうやってテーブルに伏せてうにゃうにゃしている気持ち悪い感じとかも全部撮られてるけど、大丈夫か。たぶんすぐに海を越えて蟹江さんに送信されるけど。

今の状況を教えてやるべきか真剣に迷ったが、もう手遅れだ。小田原の今夜の醜態《しゅうたい》は一生社内で語り継がれるだろう。もう今更弁解したところで一緒。

俺はもう少し小田原の話を聞くことにした。

「……それでお前、蟹江さんになんて返事したの?」

外野は小声で「いいぞ星川、いけー!!」と煽《あお》ってくる。俺は小田原を売っているような気がしてほんの少し罪悪感が湧いたが……好奇心が勝った。

小田原はでかい図体《ずうたい》をテーブルに伏せたまま、幸せを噛みしめるように機嫌よく笑う。

「〝俺なんて相手にされるはずもないから心配しないで〟って、いつも言うんですけどね」

「待て。お前もしかしてもう敬語崩してんの?」

また想像してしまって固まった。俺同様、蟹江さんには絶対敬語だったはずの小田原が、蟹江さんにタメ口だと……?

付き合っている二人なら自然な流れだと理解しつつ、動揺が隠せない。俺はたぶん一生蟹江さんに対して敬語なのに、小田原はタメ口……？

（……って、やめよ……）

思考が段々未練がましい感じになっている。蟹江さんのことはもう吹っ切ったんだった。

「敬語をやめられるように練習中なんです。蟹江さんが〝もっと気安く話してほしい〟って言うから……」

「……へぇ……」

蟹江さん……。

「そんなことはどうでもいいんですよ！　〝焼きもち妬《や》いてる蟹江さんがクソ可愛い！〟って話です。も〜俺なんかを好きになる物好きなんて蟹江さんくらいしかいないのに、ねえっ？」

どついたろか。

わざと？　これも一種の宴会芸なのか？　だとしたら体張りすぎだろ。

こんな頭の螺子《ねじ》が緩《ゆる》んだような男がかつてはライバルだったのかと思うとげんなりした。っていうか、こうも躊躇《ためら》いなくガンガン惚気てくるってことは、俺がライバルだったという意識すら小田原にはないんだろうなぁ……。そう考えるとちょっと虚《むな》しい。

（でもまぁ……）

い。


幸せそうで何より。

みんなが小田原のレアショットを各々《おのおの》のスマホに収めて満足した頃、店のほうから「そろそろお席の時間が……」と幹事に耳打ちがあった。この場はもう散会しなければならない。

締めはいつも通り部長の言葉。池田部長が自分の席で立ち上がり、短くまとめようと口を開くと——まったく空気の読めない小田原が呻《うめ》きながら言った。

「今度の連休で、シンガポールに行こうかなって……」

また一気に小田原に関心が集まる。部長がこれから話すっていうのに……と俺は焦《あせ》ったが、部長までもが興味津々でこっちを見ている。周囲から俺への〝詳しく聞き出せ〟の圧がすごい。

今度から飲み会のたびに酔った小田原の話の聞き役をさせられるのではないかと嫌な予感がしつつ、小田原の話に相槌《あいづち》を打つ。

「ああ……蟹江さんに会いに？」

「もちろん。それで、向こうで何泊かして……」

えっ、泊まるのか。えっ、蟹江さんの家に……？

周囲が静かに騒然とするおかしな状況。池田部長も立ったまま身を乗り出して小田原の声を聞こうとしている。

うつらうつらとして揺れている小田原の言葉は、途切れながら続く。

「蟹江さんと、今度こそ……」

……………おいおいおいおい。それ本当に、こんな場所で言っちゃっていいやつか？　まかり間違って下世話な話にまで発展したら、さすがに蟹江さんにもキレられるんじゃないか。第二営業部には女性もいる。彼女のいない場でベラベラと下世話な話をする男は、たぶんきっと絶対に嫌われる。

どうしよう。口を塞《ふさ》いで止めてしまったほうがいいか。

――そんな心配は杞憂《きゆう》で、小田原はぽつりと零《こぼ》した。

「今度こそ…………蟹江さんと、手を繫ぐ…………」

（…………清ッッ！）

ピュアッピュアだな……！

小田原と蟹江さんがまだ付き合いたての中学生のような関係だということが発覚し、場が和《なご》んだところで池田部長が会を閉めた。

〝飲ませたからにはお前が責任を持て〟と滅茶苦茶《めちゃくちゃ》な理由で、俺は先輩たちから小田原を押し付けられた。

「なんで俺がっ……だぁっ！　重い!!　体でかいんだから自分の足で踏ん張ってくれ！

死ぬ！」

「すみません……」

夜の肌寒い空気に触れると少し冷静になったのか、小田原は申し訳なさそうに謝りながら俺の肩に摑まっていた。千鳥足《ちどりあし》の小田原をタクシーの中に押し込み、彼の家を経由して自宅へ。小田原の家と俺の家は方向こそ同じだが、微妙に遠回りすることになる。

（なんで俺が……）

頭の中はそればっかりだった。タクシーの中で流れていく外の景色を眺める。小田原は運転手に自分の住所を告げるなり目を閉じ、穏やかな呼吸をたてていた。家まで寝るつもりならそれでいい。下手《へた》に起きてて吐かれても困るし。

かと思えば、夢見心地にこんなことを言うのだ。

「いやぁ……恋愛って、いいですよ。最高です……」

「……そりゃあようござんしたね」

それきり小田原は完全に眠りに落ちた。

（〝いいですよ〟って言われたところでな……）

最近は〝いいんだろうな〟と漠然《ばくぜん》と思うけど、だからといって今すぐに彼女ができるなら苦労はしない。蟹江さんとは最初から負け戦《いくさ》だったし、雅美《まさみ》先生とはなんというかそういうんじゃなかったし（そもそも学生時代からの彼氏がいたし）。

久住《くずみ》さんも〝早く次の恋を〟なんて言うけど——。

（……そういえば、最近会ってないな）

小田原が変なことを言うから思い出してしまった。久住さんは今、学校がテスト期間なので英会話スクールを休んでいる。もう数日顔を合わせていないから、俺は珍しく平穏な時間を過ごしていた。

あれから〝綾子《あやこ》ちゃん〟とは仲良くやっているんだろうか。「唯一《ゆいいつ》の友達」なのだと久住さんは言っていた。数日後には「遊ぶ約束をした」と言っていたし、その後も特に落ち込んでいる様子はなかったから、うまくやってるんだろうとは思うけど……。

あの日。綾子ちゃんが久住さんを引っ叩《ぱた》こうと振り上げた手を掴んだときに、俺には彼女の失恋の瞬間が視えてしまった。綾子ちゃんが〝洋《よう》ちゃん〟と呼んで慕《した》うお隣のお兄さんが、照れ臭《くさ》そうに笑って「雅美と結婚するんだ」と打ち明けた瞬間。——ここまでは、久住さんの想像は当たっていたんだと思う。久住さんは綾子ちゃんに対して頑《かたく》なに「洋平さんに告白しなきゃ！」と訴えていた。

でもそうじゃなかったのだ。綾子ちゃんは洋平さんに失恋をしたんじゃなくて、同じように昔から慕っていた〝雅美お姉ちゃん〟のことが好きだった。それは単なる憧《あこが》れではなくて、恋の対象として。

好きになってしまった相手が同性で、なおかつ大切に思うお隣のお兄ちゃんの恋人だという二重苦。彼女が久住さんに相談できなかった気持ちもわかるなと思った。〝同性が好き〟だなんて、同性の友達にはどうしても言い出せなかったんだろう。久住さんは綾子ちゃんが雅美先生を好きだという線は微塵《みじん》も考えていない様子だったし、そういう久住さんにはなおさら言えなかったんだと思う。

小田原の家を経由して自分の家に帰り着く頃には日付が変わっていた。程よく酒が入っていたせいもあってすぐにでも眠れそうなところ、我慢してシャワーを浴びた。歯を磨き、のそのそとベッドに入る。明日も会社だ。ちゃんと起きなければ。

「あー……きもちいー……」

先日干したばかりの布団はふかふかで、肌に当てるとひんやりと冷たい。俺は掛け布団を腕と脚でホールドし、しばらく抱き枕のようにしていた。

そこで再び久住さんのことを思い出した。あの日の、俺が二人の間に割って入る前の光景。追い詰められた綾子ちゃんが怒って手を振り上げるまで、久住さんは頑なに「告白をするべきだ」と説得をしていたという。

（……なぜ？）

〝またか〟と呆《あき》れた。俺が蟹江さんに片思いをしていたときもそうだったが、なぜそこまで人の恋愛に絡《から》んでくるんだろう。しかも、相手に嫌われかねないほどの押し付けがましさで。久住さんは「絶対に告白しなければいけない」と迫ってきた。

赤の他人で、嫌われたって別に痛くも痒《かゆ》くもない俺に対しては、まあ良しとしよう。でも綾子ちゃんに対しては違うだろ。自分が嫌われるようなことは、彼女に対してだけはしたくなかったはずだ。それでも主張を曲げらない特別な理由が、久住さんにはある……？

（……想像もつかないな）

いよいよ本気で気になってきた。

一体何が、久住さんをあそこまで突き動かしているのか。

（悪い子ではないんだよな――……。友情にも厚いし、言われたことは一度自分の中で咀嚼《そしやく》するみたいだし）

出会った時の印象はひたすらにクレイジーな女子高生で、今もそんなに印象は変わっていないのだが。それでも当初に比べれば年頃の子らしい一面も見えてきた。〝意味がわからない！〟と思い続けていた時よりは幾分親しみが持てる。

そして親しみが持てるようになった分だけ、気になっていることが無視できなくなってきた。彼女の根底にあるもの。行動原理。

（恋心を相手に対して隠している奴を前にすると黙っていられない……って感じだよな。でも久住さんがそれを主張する時は、常にどこかヒリついてるというか……なんでだ？）

ベッドの中で布団を抱きしめながら思考を巡らせてみたって、そんなことわかるわけもなくて。結局俺はそのまま深い眠りに落ちていた。

翌朝。前日の酒が抜けず少しグロッキーな状態で出社した。

（遅刻はまぬがれた……）

気を抜くと吐きそうなのを我慢し、よろめきながらなんとか会社まで。一階の受付の前を通ってエレベーターホールへ行こうとしたとき、ちょうど——昨日の宴席で話題に上っていた〝鮎沢さん〟と目が合った。

（あ）

ニコッと微笑まれる。〝受付のお姉さん〟にふさわしい品のいい微笑。

訪ねてくる客人に安心感を与える清潔さと安穏とした雰囲気は、それだけで魅力的な女性として映ってしまうのかもしれない。

「おはようございます。星川さん」

まだここに来て間もないのに、名前を憶えてくれているところもポイントが高い。

「おはようございます」

「なんだか、顔色悪くありませんか？　ハンカチ使います？」

「いや、平気です。ありがとうございます」

近くで見ると、外見もケチの付けようがなく可愛かった。ハーフアップにまとめられた、明るすぎないブラウンの髪。やや太い眉は理知的な感じがする。淡いピンクのアイシャドウは柔らかく女性らしさが増す。全体的に線が細く儚《はかな》げだが、発色のいいチークやほんのり唇を赤くしているリップの効果か健康的に見える。〝受付〟という職業柄こういうメイクなのかもしれないが、できあがった印象は〝清楚《せいそ》〟の一言に尽きる。

「今日も頑張ってくださいね！」

そう可愛く送り出されたら、舞い上がって〝あー今日めっちゃ頑張れるわー〟となるのが普通なのかもしれない。彼女に一目《ひとめ》惚《ぼ》れした男性陣の気持ちも、わからなくはない。

可愛いとは思うが、俺がそこまで鮎沢さんに魅力を感じないのは、単純に俺の好みの女性のタイプからはずれているからだろう。こういう見るからに男ウケしそうな〝清楚でふわふわとした女の子らしいタイプ〟は、どちらかというと苦手だ。俺は断然〝凛々《りり》しくて格好いいけど中身は女の子らしいタイプ〟のほうがいい。

俺は「どうも」と鮎沢さんに会釈《えしやく》して受付の前を通り過ぎた。当たり障《さわ》りのない微笑みを返したが、複雑な気持ちが胸中に渦巻いている。

（心の中では〝これでまた一人私に落ちたわ、ちょろい〟……とか思われてんだろうなぁ）

男を弄《もてあそ》ぶ女が大嫌いだ。

そんなのたいがいの人が好きじゃないと言うだろうけど、俺は結構ほんとに嫌いで。黒い噂がある鮎沢さんに限った話ではなく、そうやって男を手玉に取ろうとする女のことが総じて嫌いだ。それは俺が高校生の頃からずっとそうだった。

嫌いになった原因ははっきりしている。脳裏に浮かぶのは一人の清楚な女の子。

（……黒歴史……）

思い出そうとするとマジで頭が痛くなってくるこれは、もはやトラウマだ。〝人が恋を失った瞬間が視える〟なんてヘンテコな体質に俺がなってしまったのも、たぶん、巡り巡ってその人のせいだと思う。

今の時点から思い返せば、高校の頃の俺はちょっと心配になるくらい純だった。

中学校まではクラスでも目立たずパッとしなかった俺は、誰も自分のことを知らない遠くの学校に進学して高校デビューを果たした。それ自体は成功していたと思う。根暗な一面や口数の少ない自分は封印し、なるべく明るく振る舞うことを心掛けた結果、俺はクラスの中心グループの端役《はやく》になった。

明るい奴らに交じっていると、自分も明るい性格になったような気がしてくる。女子とも自然に仲良く話すことができる。学校帰りにファストフード店やカラオケに寄って馬鹿話をする中で、その話題の大半を恋愛が占めていた時期があった。

高校生ともなると学校で付き合っているカップルも多かった。〝誰と誰が付き合い始めた〟とか〝誰と誰はデートでどこそこに行ったらしい〟とか、そういう会話が日常茶飯事《さはんじ》の中。俺も人並みに恋愛に興味があった。明るく振る舞っているとそれなりにモテたし、告白も何度かされた。〝とりあえず付き合ってみる〟という選択肢もあったと思うのだが、最初に付き合う相手は、自分から好きになった人がいいなと漠然と思っていた。

そうして〝恋人が欲しい〟と願いながら、誰とも付き合わないまま時間が過ぎて――そんな俺にも、ついに気になる人ができた。学年が一つ上の図書委員の先輩。思い出したくもないけど今もはっきり名前を憶えているその先輩は、〝藤堂小夜子《とうどうさよこ》〟といった。

一目惚れだった。図書室で貸し出しカウンターの番をしながら文庫本を読んでいる横顔が最高に美しかった。一つ年上なだけで、こうも大人びて見えるものか？　と驚いたほど。図書室に差し込む柔らかい光の効果で、五割増しくらいに美化されていたのかもしれない。光を載《の》せた長い睫毛《まつげ》に、固く閉じられて理知的な唇。体全体から何か清浄な空気を放出している、清楚で可愛らしい藤堂先輩。

俺は次の学期に図書委員に立候補し、同じ日に図書当番に入って徐々に藤堂先輩との距離を詰めていった。藤堂先輩は高嶺《たかね》の花に見えたけれど、話してみると案外気さくで。本の話や学校での出来事、その他の他愛《たわい》のない会話を重ね、俺と先輩はすぐに打ち解けていった。

思えばあの時が俺の高校生活のピークだったと思う。毎週の図書当番の日を心待ちにして、全校集会や学校行事のたびに先輩の姿を探した。それとなく連絡先を交換することに成功し、休日デートに誘ってOKをもらえたことに舞い上がり……その部分だけを切り取ると、なかなかに健全な青春を謳歌《おうか》していたと思う。

当時つるんでいた友達からも、藤堂先輩との経過を報告するたびに「それは脈アリだろ！」と持ち上げられ、俺は完全に浮かれていた。浮かれて、藤堂先輩と付き合えるものだと信じていた。

——いよいよ告白に踏み切ろうとしていたある日の放課後。その日は藤堂先輩と別の先輩が当番になっていて、別の先輩は今日は病欠だという噂を耳にした。〝チャンスだ〟と思った。放課後の図書室はテスト前でもない限り利用者が少なく、最後まで誰もやってこない日もある。二人きりになって告白をするチャンス。告白するならあの図書室でがいいとずっと思っていた。

放課後すぐに図書室に向かうつもりが担任にノートの収集を頼まれ、スタートダッシュに失敗。思えばこの日は運が悪かったんだと思う。いろんな悪条件が重なった結果、俺は目撃してしまった。ノートを職員室に届けてそのまま真っ直ぐに向かった図書室で。聞いてしまった。

「だからぁー、星川くんとはそんなんじゃないんだってば」

当番である藤堂先輩一人しかいないはずの図書室から、そんな甘ったるい声が漏れてきた。図書室の扉を今まさに開けようとしていたときにソレが聞こえてきて、俺は手を止め硬直してしまった。一瞬、誰の声かと思ったが、ソレは間違いなく藤堂先輩の声だった。藤堂先輩が、誰かと俺の話をしていた。

「もー妬《や》かないでよ。〝可愛いなぁ〟って思っただけ。星川くん、ああ見えてものすっごいウブなんだよ。私と二人でいるときめちゃくちゃ緊張してんの！　私いつも笑いそうになって、我慢するの大変なんだから」

それが、例えば付き合って、何年後かの俺に対する打ち明け話だったならどれだけ良かっただろう。〝あの時そんな風に思ってたのかぁ〟って笑えたと思う。

でも現実は馬鹿にしたトーンで、話していた相手も別の男だった。恐る恐る手に力を込め、そっと扉を横にスライドさせ——隙間《すきま》から見えたのは、同級生の男とイチャついている藤堂先輩。笑ってはいるものの、俺が見たことのないような冷めた表情をしている。

「可愛いんだけど、女子に夢見すぎっていうかさぁ。なんかちょっと、イタいんだよね」

あそこにいるのは誰だ？　俺の知ってる藤堂先輩じゃない。

藤堂先輩はちょっと天然で、優しくて。絶対に人をこき下ろすようなタイプじゃない。

「私のこと清楚な女子だって信じ込んでるところとか。〝一生俺が守る！〟みたいな暑苦しい目で見てくるところか……勘弁して、って感じ」

（……なんだこれ）

あまりに辛辣《しんらつ》で受け止め難《がた》い言葉に、俺は図書室の前で立ち尽くした。

自分自身の〝恋を失った瞬間〟が覗《のぞ》けるなら、たぶんこの瞬間の映像が頭の中に流れ込んでくる——あとになってもそう確信するほど、衝撃的な失恋だった。

その場で図書室に乗り込んでいく勇気もなく、結局その後も藤堂先輩には何も言えないまま少しずつ距離を置いていった。同じ日に当番にならないように他の委員に代わってもらい、校内でも彼女の姿を見つけると物陰に隠れ、避けていた。そうすると彼女も俺の態度から何かを察したようで、そのまま最後まで話しかけてくることもなく、彼女は高校を卒業した。

大きな痛手を受けた後に〝さて新しい恋！〟と思い直せるほど俺のメンタルはできていなかったので、その後も地獄だった。つるんでいた友達は次々と恋を成就《じょうじゅ》させ、周りは全員彼女持ち。遊びに誘っても「悪い、今日デート」と断られることが続き、俺はどんどんやさぐれて――放課後、何の予定もなく真っ直ぐ自宅に帰るのがどうしても嫌だった俺は、一人町はずれの神社に向かった。

目的地が神社だったことに特に理由はない。ただ家に帰りたくなかったけど、普段の遊び場で一人でいるところを他の奴らに目撃されるのが嫌だった。デート中の奴に見つかったりなんかしたら、惨《みじ》めすぎて目も当てられない。

そうして俺が逃げ込んだ小石軽部《こいしかるべ》神社は、全国的にはマイナーな神社だ。何柱かいる祭神のうち、まだ有名なのは無病息災の神様。その他にも商売繁盛・家内安全・五穀豊穣など何でもござれで、最後にはよく分からない神様が祀《まつ》られている。此花恋水命《このはなこいみずのみこと》という神様は記紀にも登場しない謎の神様で、〝恋愛成就〟ではなく〝恋愛傍観《ぼうかん》〟という謎の四文字が御利益として謳《うた》われていた。──なんだよ〝傍観〟って。傍観してどうする。

そこそこ立派な建造物なのにあまり人が来ないマイナーさは、最後のその神様の胡散臭《うさんくさ》さのせいだと思う。実際に俺が訪れたその時も境内《けいだい》には一人の少女くらいしかおらず、それさえも〝珍しいな〟と思うほどだった。

神社に来たもののすることがない。思った以上に何もなくて〝失敗した〟と思った。小さい頃に遊んだ記憶があったのでなんとなく足を運んだが、そのときは友達とかくれんぼや鬼ごっこをして遊んだんだった。今、高校生の俺が一人で来たって遊びのしようがない。

祭殿が見えるベンチに座ってしばらくぼーっとしていて、ふと、俺よりも先に境内にいた少女のことが気になった。

（……親はどこにいるんだろう）

辺りを見回してもそれらしき人影はない。少女は外見からして小学校に上がりたてくらい。袖《そで》が丸く膨《ふく》らんだ白のシャツの上に赤い花のワンピースを着ていた。女の子らしくお洒落《しやれ》をした女の子だ。彼女はさっきから賽銭箱《さいせんばこ》の前に突っ立って、長いこと手を合わせている。

（迷子か……？）

気になって、スポーツバッグをベンチに置いたままふらっと少女の傍《そば》に近寄った。そろりと顔を覗き込むと少女は目を閉じてお願い事をしている最中。近付いてきた俺に気付かず、一生懸命、神様に何かを祈っていた。声をかけて邪魔をすると怒られそう。

渋々俺は彼女の願い事が終わるのを待つことにした。しかし少女の願い事タイムはなかなか終わらず、手持ち無沙汰《ぶさた》だった俺は自分も手を合わせることにした。制服のポケットに手を突っ込み、中から小銭を取り出す。十円玉が何枚か出てきたのでそれを賽銭箱に放り込み、少女に倣《なら》って手を合わせた。

ポーズを取ったものの、特に願い事があったわけではなかったので〝どうしよう〟と目を閉じたまま考え――頭に浮かんだのは、俺の純情を弄んだ藤堂先輩のこと。藤堂先輩の話を聞きながらニヤニヤ笑って、彼女の体に触れていた下衆《げす》な男の先輩のこと。そして恋人にかまけて俺と遊んでくれなくなった薄情な友達たちのこと。

手を合わせ、きつく目を閉じ、俺は祈った。


〝リア充など滅んでしまえ！　バーカ！　みんな失恋しろ!!〟


我ながら陰気すぎる。今思い出すと〝さすがにそれは……〟と過去の自分をたしなめたくなるが、逆にそこまで俺は追い詰められていたのかもしれない。キラキラした恋が一気にドブに投げ捨てられたようなショックで、俺はちょっとおかしくなっていたんだと思う。

祈り（というか呪い）を終えた俺が殺伐《さつばつ》とした気持ちで目を開けると、右下のあたりから強烈に視線を感じた。視線をそっちに向けると少女が手を合わせたまま、つぶらな目で〝じっ……〟とこちらを見ていた。

「あ……」

賽銭を投げた音で気付いたのか。もしかしたら少女の願い事を邪魔してしまったかもしれないと不安になり、「ごめん」と謝ろうとした。

それよりも早く少女が口を開いた。

「お兄さんは何をお願いしたの？」

「え……や、ええっと……内緒」

とても正直には話せない願い事だったので濁《にご》すしかなかった。

彼女は「ふーん」と興味があるのかないのか微妙な返事をしただけで、それ以上は追及してこない。沈黙に間が持たなかったので今度は俺が話しかけた。

「きみは？　何をお願いしたの？」

「ないしょです！」

したり顔でそう返された。ちょっとカチンときたが、まあ確かに教える義理はないか。自分は内緒にしておいて〝教えて〟っていうのも図々しいよな。

質問を変える。

「お母さんは？」

「ん──……」

少女は少し考えて。

「〝待ってて〟って」

「ここで？　お母さんが〝待ってて〟って言ったの？」

「うん。〝買い物が終わったら迎えに来るから待ってて〟って」

「そっか……」

なんて不用心な母親なんだ、と心の中で思った。こんな人気《ひとけ》のない神社にこんな小さな女の子を一人で置いていくなんて、いくら治安がいい町でも不用心すぎる。

少女を再びここで一人にするのに気が咎《とが》めた俺は、彼女に提案していた。

「お母さんが来るまでここで俺と遊んでくれない？」

「え？」

「鬼ごっこしよう。走るのは得意？」

こくっ、と少女は頷《うなず》く。どうせ自分も暇《ひま》を持て余していたんだ。帰って部屋で一人ふて寝をするよりは、走り回って少女と遊ぶほうが健全な気がした。

〝これから遊べる〟とわかり、少女はパッと顔を輝かせていた。興奮し、俺の手を摑んで「鬼ごっこ！　鬼ごっこ！」とはしゃいでいる。こんな簡単に付いていきてしまう女の子、危なっかしいから本当に一人にしないでほしい。頼みますお母さん……。

俺の心配など露《つゆ》知らず、少女はご機嫌に笑って訊いてきた。

「お兄さん！　なんていうお名前なの？」

「諒二《りょうじ》。きみは？　なんていうの？」

「私はねぇ。私の名前は――」


――少女の名前が何だったのかは、もう憶えていない。かれこれ十年以上前のことだ。

俺とその女の子は日が暮れるまで神社で遊んだ。「お母さんなかなか来ないね」って言いながら、ヘトヘトになるまで境内を走り回って――〝さすがに遅すぎないか？〟と俺が疑い始めた頃、少女の母親が神社にやってきた。お巡りさんと一緒に。

「あなたッ！　うちの子から離れて……！」

「…………へ？」

危うくお巡りさんに補導されるところだった。少女の母親は娘と一緒にいた俺のことを誘拐犯と勘違いしたようで、少女の口から経緯《いきさつ》を説明されると「すみません！　本当にすみません……！」と平謝りされた（俺が〝淫行罪《いんこう》〟という言葉を恐れるようになったのはそこからな気がする）。

少女は嘘をついていたのだ。〝買い物が終わったら迎えに来るから待ってて〟なんて言われていなくて、母親が買い物している間に何も言わずに勝手に離れて神社にやってきたのだと。母親は発見するまでの三時間ほど血眼《ちまなこ》で我が子を探したという。

あんな幼い頃からしれっと嘘をついたりして、その後あの子は真っ直ぐ育ったんだろうか……。

かくしてその日は誘拐犯と間違われ、俺史上で一、二を争うほど散々な一日だった。

そして、その散々な一日を境に――〝人が恋を失った瞬間が視える〟体質が始まった。


「星川!!」

「うえっ、え……あ、はい！」

二日酔いが抜けずぼーっとする頭で十年以上昔のことに思いを馳《は》せていると、先輩に怒鳴られた。ここは会社のリフレッシュスペース。今はランチ後の休憩時間。

いつの間に隣に座っていたのか、営業の先輩である八幡《やはた》さんはムスッとした顔で俺を睨みつけている。

「人の話聞いてんのかよ。うつらうつらしやがって……」

「あ……すみません」

反射的に謝ってしまったが、心の中ではあまりの理不尽《りふじん》さに叫んでいた。今は休憩中！　俺の時間！　勝手に話しといてそりゃないでしょう……！　と。

八幡さんは俺が姿勢を正したのを見ると怒りを収め、続けて話をする。

「それでお前、どう思う？　やっぱり絹ちゃんは生粋《きっすい》の悪女だってことだよな……」

〝どう思う？〟なんて訊きつつ自分で結論を出している八幡さん。

（また〝鮎沢絹〟か……）

最近その名前を耳にしない日がないから、たいしたものだと思う。

俺は率直に彼女に対する感想を述べた。

「確かに〝可愛い〟とは思いますけど……何がそこまでみんなを夢中にさせてるんですかね？　八幡さんは彼女のどこを良いと思ったんですか？」

「そりゃお前！　……えーと…………なんだろ？」

つい最近〝潰しの鮎沢〟に袖《そで》にされたばかりの八幡さんは、勢いよく彼女の魅力を語ろうとしたものの言葉に詰まっていた。

「何だろうなぁ……見た目は確かに抜群に可愛い。でも見た目だけなら夜の店にいる姉ちゃんだって負けてないわけで……」

そこと比べるのはどうだろう……。

余計な口は挟まず、八幡さんの話の続きを待つ。

「あーでも一番は……一緒にいて居心地がいいんだろうな。ほら、なんていうの？〝男を立ててくれる〟っていうか。一緒にメシに行くとすごいんだぞ。じっとこっちの話を聞いて、良い感じで褒《ほ》めてくれるんだ。〝八幡さん素敵ですー〟って」

それは夜の店の女の子と変わらないのでは？

「それでな……俺が店でグダグダに酔い潰れるとするじゃん？」

「はぁ」

「鮎沢さんな。店の代金立て替えて、家まで送ってくれて、ベッドに寝かせてくれるんだ」

「……そんなことさせたんですか？」

ドン引きした気持ちが声に出てしまう。自分からメシに誘っておいてそれは……。鮎沢さんも鮎沢さんだ。家まで行ってしまうなんてガードが甘すぎる。

八幡さんもさすがに良くない自覚はあったようで、弁解するように手のひらを前に突き出してくる。

「いや、そうなんだ。女性にそんな気を回させて、迷惑までかけて、〝俺ってこんなダメな男だったっけ？〟って反省したよ……。でもな。鮎沢さん、笑って許してくれるんだ。次の日の朝に謝りに行ったら〝疲れてたんですよ〟って……」

「それは……」

どうしてそこまで男を甘やかす必要がある？　それだけ尽くしたところで最終的にはみ

んな振ってしまうのに。彼女の目的は何だ？

「包容力が半端《はんぱ》ないっていうか、男を転がすのが異様に巧《うま》いっていうか……だからのめり込むんだろうな。尽くされて、ずっぷりと沼にハマっていくみたいに」

八幡さんの話は、俺がこれまで視てきた男性陣のケースと合致《がっち》する。鮎沢さんに告白して玉砕する瞬間、男はみんな決まって「あんなに尽くしてくれたじゃないか！」とか、「俺のこと好きじゃないとああはできないだろう⁉」と詰め寄っていた。それぞれの頭の中まで覗けるわけじゃないので、彼らが具体的に何を指していたのかはわからなかったが……恐らく、今八幡さんが言ったようなこと。

（タチが悪いな……）

徹底的に自分を相手より下に置くことによって、男の自尊心を満たし、虜《とりこ》にしていく。けれど告白されると手のひらを返し「そういうつもりじゃなかったんです～！」と断る。なんてあくどい手口……！


その日は鮎沢さんに腹を立てつつ仕事をこなした。夕方には二日酔いも治まり、〝これなら問題なさそうだ〟と会社を出る準備をする。今日は英会話スクールの日だった。

営業部の島に残っている同僚たちに「お先に失礼します」と声をかけ、エレベーターで一階に下りる。ビルから外へ出ようとしたところ——ちょうど帰宅するところの、鮎沢さんと遭遇した。

「あ」

「あ……お疲れ様です、星川さん。今帰りですか？」

「ええ、まあ……はい」

昼間に八幡さんから話を聞いたばかりだから、どうも気まずい。〝許せない〟と思った相手と普通に話すのは難しい。かといってあからさまにつれない態度を取るのも人間として小さいと思うし……。

「駅までご一緒しませんか？」

人懐っこい笑顔で提案される。数々の男を落としてきた微笑みと、明るく控えめな声のトーン。〝断られるわけがない〟と絶対的な自信を持っているんだろう。そう思うと、このこと誘いに乗るのも癪《しゃく》だと思ったが。

「実は最近変な人に後を尾《つ》けられることがあって……お願いできると嬉しいんですけど」

――困り顔でそんなことを言われると、さすがに断れない。ポーズでも心配しないわけにはいかない。

「尾けられるって……大変じゃないですか。一体誰に――」

なし崩し的に俺は、駅まで鮎沢さんと歩くことになった。

すっきりとしたシルエットのベージュのスプリングコートに、ヒールの低い歩きやすそうなパンプス。機能性を重視したと思われる大きな肩掛けバッグ。鮎沢さんの私服はシンプルだった。

「すみません、大袈裟《おおげさ》に言っちゃったかも。〝尾けられる〟って言っても社内の人なので、変質者とかじゃないんです。〝晩御飯を一緒に食べよう〟って強めに誘われてるだけなので……」

仕事終わりの人の流れに従って、とぼとぼと駅までの道を歩きながら鮎沢さんの話を聞く。そんなことだろうと思った。身から出た錆《さび》じゃないか。

本人を前にそんなことは口が裂けても言えず、「大変ですね」と適当な相槌を打つ。

「なんか私……うまくいかないんですよね。人を誤解させてしまうというか……」

「誤解なんですか？」

「え？」

「〝鮎沢さんといい感じだ〟って舞い上がってる男、結構いますけど」

「それは……誤解ですね」

鮎沢さんは思い詰めた顔でぽつりとそう言った。俺は〝白々しい〟と思ってしまった。

一人や二人ならまだしも、複数の男からの誘いを受けておいて〝誤解〟はないだろう。

（自分が振った男のことは何とも思わないのか？）

そう思うと腹が立った。自分が被害を被《こうむ》ったわけでもないのに、許せない気持ちがふつふつと湧いてくる。どうせ、鮎沢さんは……たくさんの男を転がしてきて、告白されるばっかりで、自分は振られたこともないんだろう。

「……鮎沢さん」

「はい」

「ハンカチを貸してもらえますか？」

「え、いいですけど……」

不思議そうに小首を傾《かし》げ、鮎沢さんは自分の肩掛けバッグをゴソゴソと漁《あさ》ってハンカチを差し出した。その手をパッと摑む。

「えっ……」

じっ……と目を見つめる。不意に手を握られてたじろぐ顔。それもどうせ演技だ。たぶん、〝罠《わな》にかかった〟くらいにしか思われてない。

自分の意志で〝視る〟ことはほとんどない。人の失恋なんか視たって良いことなんか一つもないから。――だから人の失恋を意図的に覗こうとするときは、俺がちょっと嫌な奴になっている時だ。

（どうせ……たいした失恋もしたことがないんだ）

〝ほら見ろ〟と自分で納得するためだけに鮎沢さんの失恋を覗いた。

彼女が悪女であることの裏付けを取るためだけに覗いたから、俺の頭の中には何も映像が流れてこない――はず、だったのだが。

（…………え？）

驚いて、パッと彼女の手を離してしまった。

「な、なんですか……？」

「え、あ、いや……」

俺の不可解な行動に目を丸くしている鮎沢さん。対する俺も目を丸くしていた。彼女の失恋を視た結果が、予想していたものと大きくかけ離れていたから。

（どういうことだ……？）

手を握った理由についてうまく説明できず、俺と鮎沢さんはギクシャクと変な雰囲気になったまま駅で別れた。

そして俺は英会話スクールに着くと、自分のレッスンの開始時間を待つため、いつもの如《ごと》く休憩室に向かう。普段ならテキストと筆記用具を広げ、次のレッスンの予習をするのだが……頭の中はさっき覗いた鮎沢さんの失恋のことでいっぱいだった。

頭に流れ込んできたのは数えきれないほどの失恋シーン。同時にこんなにいくつもの映像が流れてきたのは初めてで、一瞬頭の中がパンクするかと思ったほど。

鮎沢絹は幾度となく失恋をしている。それも、よくわからないタイミングで。

「ほっしかっわさんっ！」

「おわ……！」

急に目隠しをされて視界が真っ暗になった。声からして犯人は久住さんだと一発でわかった。そして久住さんだということは、これはお茶目な女子高生の可愛い戯《たわむ》れなんかではなくて――。

「調子はどうです？　明花《めいか》ちゃんに会えない間に素敵な恋の一つや二つ――して、ない……ですね……」

明るい声のトーンが途中から急激に落ちていった。目隠しをはずされる。振り返るとそこには心底〝期待はずれ〟といった久住さんの顔。

「だから勝手に覗くなとあれほど……！」

再会早々怒ろうとしたら、久住さんはパッと表情を変えて〝へらっ〟と笑った。

「お久しぶりですね、星川さん」

「………うん。もうテスト終わったのか？」

久しぶりに会ったことを嬉しそうにしてくれる久住さんに毒気を抜かれ、俺は彼女を叱《しか》りそびれてしまった。

そして俺のレッスンが終わるまでのほんの少しの時間、俺たちは他愛のない話をする。

「それはまた……不思議ですねぇ」

休憩室でいつもの如く俺の隣に腰掛けた久住さんは、長机に頬杖《ほおづえ》をついてそんな感想を漏らした。世間話の中で最近のトピックスとして、鮎沢さんの話をしたところだ。

別に久住さんに話すことで、何かが解決すると思ったわけではないけれど。

「そうなんだよ……俺には〝人が恋を失った瞬間〟以外は視えないはずなのに」

俺の頭の中に流れ込んできた大量の〝鮎沢さんの失恋シーン〟は、どういうわけか、いずれも彼女が男性から告白をされている場面だった。〝鮎沢さんが自分から告白して振られている〟というシーンが一つもないというのは想定内だったが……。〝告白されて失恋する〟とは、どういうことだろう。

「何か新しい能力が備わってしまったとか？」

「この歳になって突然？」

それも考えにくい。〝人が恋を失った瞬間が視える〟ことについては、あの神社の願い事が原因だろうなと心当たりがあるが、あの神社には大人になってからは近寄っていない。

それならやっぱり俺が視たものは〝鮎沢さんの失恋シーン〟ということになるのだが。どう想像力を働かせたところで、告白されることと失恋することは結びつかなかった。

久住さんはあっけらかんとして言う。

「――まあ！　悪女さんのことなんて気にしなくていいんじゃないですか？」

人の名前を憶えることが苦手な彼女は、鮎沢さんの通称を早々に〝悪女さん〟に定めた。

〝潰しの鮎沢〟に〝悪女さん〟。身から出た錆とはいえ、鮎沢さんにちょっと同情した。

「うん……確かに。気にしなくてもいいか。自分に気を持たせて男を振りまくってるのは事実だもんな……」

「そうですよ。他人からの好意に気付かないフリをして楽しむ人間は最低です」

「うん、まあ……」

「地獄に落ちればいいのに」

「そこまで言う……？」

久住さんはわかりやすく嫌悪感を示した。こんな怒り方は珍しい……。

（悪女に何か地雷でもあるのかな……）

あまり触れないように気をつけようと思って、その後は話題を変えた。


翌日。俺はやっぱりまだ気になっていた。久住さんからは「悪女さんのことなんて気にしなくていい」と言われ、俺自身も〝その通りだ〟と思ったのだが、どうしても自分が視た映像に納得がいかず。

(……ええい！)

気になることを放置するのは、心身の健康にもよくない！

出勤時。ビルの一階受付で、鮎沢さんは今日も目の前を通る従業員に向かって「おはようございます」と挨拶をしていた。少し観察していると、男女問わず、目も合わせずにスルーしていく人間もしばしば……。

(見事に嫌われてんな……)

めげずに挨拶を繰り返している鮎沢さんの目の前で止まる。

「あ、星川さん。おはようございます」

鮎沢さんはいたっていつも通りだった。昨日の俺の不審な行動について問い質《ただ》してくる気配もない。感じよく、今日も男どもを虜にする笑顔を惜しげもなく振りまいている。

俺は言った。

「鮎沢さん」

「はい」

「今晩、空いてますか？」

「はい……？　予定ですか？　今晩は空いてますが……」

「晩メシ一緒に食いませんか」

〝ヒソッ……！〟と背後で後ろ指をさされるの感じる。「星川が行ったー！」とか「あいつも所詮《しょせん》は男……」とか「ついに星川までもが毒牙《どくが》に……」とか。

別にいい。もう社内恋愛をする気はない。誤解をされて困る相手もいないし、何とでも言ってくれ。

問題は鮎沢さんがＯＫしてくれるかどうかだった。

結果は。

「はい。私でよければ」

そういうとこだぞ鮎沢さん。そうやって恥じらって嬉しそうにＯＫするから馬鹿な男が誤解するんだ！　……なんて心の中で憤《いきどお》っていることは隠し、俺は彼女との食事の約束に漕《こ》ぎつけた。

鮎沢さんは特別な来客がない限り六時半には仕事を上がるそうで、俺は英会話スクールがある日同様、早めに仕事を切り上げるべく頑張った（スクールに通うようになってからというもの、時間を捻出《ねんしゅつ》するために俺の仕事の効率は格段に上がったと思う）。

無事に仕事が一段落し、鮎沢さんと二人で向かったのは職場からタクシーで二十分ほど行ったところにある焼肉屋。

「なかなか……伝統のありそうな焼肉屋さんですね」

精一杯言葉を取り繕《つくろ》った結果、鮎沢さんはそう店を評した。

「そうでしょ？　ここの特上ハラミ、舌が蕩《とろ》けるくらい美味《うま》いですよ」

店の内装は、言ってしまえば小汚い。客席はカウンターの他は靴を脱いで上がる座敷で、そこかしこに染《し》みや焼け焦《こ》げた跡がある。壁に貼られたメニューも油などで完全に変色していてほとんど読めない。まかり間違ってもデートには選んではいけない店だった。デートではないからいいのだ。

俺が迷いなく座敷を選ぶと、鮎沢さんもパンプスを脱いで座敷に上がった。「嫌です」とは言わない。これは噂に聞いていた通り。鮎沢さんは必ず男を立て、相手が決めたことに対して不平不満を言わないスタンスなのだという。

でも俺も、別に嫌がらせでこの店に彼女を連れてきたわけじゃない。確かにあまり綺麗な店ではないけれど、味だけは確かなのだ。就職してから両親を食事に連れていったときにはこの店を選んだ。それくらい、本当に、この店の特上ハラミは美味い。

オーダーが通って間もなくすると、店主が塊肉《かたまりにく》を運んできて、俺と鮎沢さんの間にあるロースターの上に置いた。そしてワインを上からかけ、着火ライターで火を放つ。その瞬間、〝ぼわっ！〟と顔の高さまで炎が上がり、鮎沢さんは「ひゃあっ……！」と素《す》で驚いた声を漏らしていた。

　店主が途中で一度塊肉を厨房《ちゅうぼう》に引き上げ、カットして再び席に持ってきてくれる。さっきのフランベは完全にパフォーマンス。「赤身が残ってるくらいで食べな」と店主に勧められ、鮎沢さんはタレを付けて口の中へ……。

「っ！　んまぁぁいっ……！」

「でしょ？」

　目をキラキラさせ、頬を紅潮《こうちょう》させて喜ぶ顔。上品に「美味しい」ではなく「うまい」と言ったあたり、演技ではない。鮎沢さんの満足している顔を確認して俺も箸《はし》を伸ばす。塩を少し付けてひと口。口の中いっぱいに広がる肉の香りに頬が緩む。

　ある程度腹が膨れたであろう頃、本題に切り込んだ。

「俺ね、鮎沢さん。いくつか疑問に思ってることがあるんです」

「なんでしょう……？」

「鮎沢さんはなんで、男にとって都合のいい女でいようとするんですか？」

「え……どういう意味でしょうか……？」

　困惑《こんわく》した表情。客観的に見て俺はまあ失礼なことを訊いていると思う。だけど鮎沢さんは憤慨《ふんがい》しない。攻撃的な態度を取らない。

「営業の先輩から聞いたんです。鮎沢さんは誘えば御飯に付き合ってくれて、男がベロベロに酔っても嫌な顔せず介抱《かいほう》してくれるって。他にも男性社員に弁当作ってあげたり、モーニングコールかけてあげたりしてるんでしょう?」

「………それって〝男にとって都合がいい〟ですか?」

問い返してくる鮎沢さんの目は、後ろめたそうでもなければ、俺に対して怒っている様子もない。ただ突拍子《とっぴょうし》もないことを言われたようにきょとんとしていた。

(無自覚なのか?)

そういう演技なのではないかと一瞬疑ったが、どうもそうではなさそうで判断に困った。どちらにしても彼女の振る舞いについて深掘りしても何も聞き出せなさそうなので、質問を変える。

「そういう鮎沢さんのことを〝いいな〟と思って言い寄ってくる男がいたでしょう。そういう男たちの中に、鮎沢さん自身が〝いいな〟って思う人はいなかったんですか?」

「……んーと……」

この質問には答えてもらえそうだった。これも大事な質問だ。〝告白された瞬間に失恋する〟という不可解なあの映像の真相を明らかにするための。

鮎沢さんは箸を置き、グレープフルーツサワーに口を付けながら回答を考える。

「……〝いいな〟って思う人はいましたよ。うちの会社、素敵な人多いですよね」

(お?)

意外な回答だった。

「それに私……恥ずかしい話、結構惚れっぽいんです。〝好き〟って言われるとその人のこと意識しちゃって、自分のほうが相手を好きになっちゃうことが結構あって」

「へぇ……？」

それはちょっと簡単すぎないか。

そう突っ込みたいところだが、今は矛盾《むじゅん》のほうが気になった。

「それならどうして告白してきた相手を全員振ったんだ？」

鮎沢さんに告白して〝OKをもらった〟という話は聞いたことがない。しかし彼女はその中にも〝いいな〟と思った相手はいたと言う。告白されたら冷めるタイプなのかとも考えたが、本人は〝好き〟って言われたら好きになりがちだと言うし……。

鮎沢さんの答えはこうだ。

「ちょっと反省したんです。学生時代は告白されて、私もその人のことを好きになって付き合う……って流れが何度かあって。でも上手《うま》くいくのって最初だけなんですよ。すぐに男の人が私に飽きて、離れていっちゃうんです。だから私、社会人になってからは告白されて付き合うのはやめようと思って」

「……なるほど」

「それに……私なんかと付き合ってるって噂になったら、その人の周りからの評価が下がっちゃうでしょう？」

「え?」

急に彼女の口から自虐的《じぎやく》な言葉が飛び出したのでドキッとした。鮎沢さんは自分に関する噂を知っているのかもしれない。

(……知ってても不思議じゃないか)

俺が連日彼女の噂話を耳にしていたくらいだから、彼女の耳に入っていたとしてもおかしくなかった。もしかしたら誰かが直接鮎沢さんに言ったかもしれない。〝悪女〟と名高いことや、〝潰しの鮎沢〟なんて呼ばれていると知ったら。さすがにいい気はしないだろう。

俺も軽率に飲み会の席で〝潰しの鮎沢〟なんて言ってしまったことを思い出した。なんだか申し訳なくなってきて、鮎沢さんに謝ろうとしたら——彼女は別に、噂のことを言っていたわけではないようで。

「私、昔からそうなんです。何をやってもグズで」

「え」

「人の役に立とうと努力はしてみるんですが、空回ってばかりというか……。今の受付の契約もいつ切られるかって感じで。そんな私と〝付き合う〟なんて、周りから〝あいつ女を見る目がないんだな〟って思われちゃいますよ」

「いや……」

「実際見る目がないんだと思います。そもそも私を〝好き〟って言う人は、みんな錯覚してるんです。私なんかを好きになるなんておかしいじゃないですか～」

彼女があまりに卑屈《ひくつ》な言葉をするすると紡《つむ》ぐので、俺は口を挟む暇もなかった。

(何を言っているんだ……？)

同情を誘う演技？　……それにしては妙だ。同情を誘いたいなら深刻そうに話せばいいものを、鮎沢さんは言葉の重さを和《やわ》らげるためにわざと明るい声を出していた。

それに、もし本当にそうやって、鮎沢さんが自分のことを〝価値の低いもの〟と思い込んでいるとしたら。〝告白された瞬間に失恋する〟という現象にも説明がつく。

付き合ったところで〝どうせ長く愛されない〟と諦《あきら》めている。

他人からの「好き」という言葉をはなから信じていない。

〝他人から好かれる価値がある自分〟だということが信じられない。

そんな彼女に誰がした？

「……鮎沢さん」

「はい」

呼びかけながら考えた。ここから先はさすがにお節介が過ぎるのではないかと。これ以上、他人の事情に踏み込もうとする俺は、久住さんを叱る権利がなくなるんじゃないかと。

――でもどうせもう見て見ぬフリもできない。

「誰かがあなたに言ったんですか?」

ピクッ、と鮎沢さんの顔が強張《こわば》るのを感じた。これまでの質問に対する反応とは明らかに違う。〝触れられたくない部分を突いた〟という手応《てごた》えがある。

鮎沢さんは崩れかけている笑顔をなんとか保ち、訊き返してくる。

「言ったって、何をですか?」

「〝お前はグズだ〟〝役に立たない〟って」

一瞬、鮎沢さんが俺から目をそらした。半端に開いた口から言葉が出てくることはなく、背《そむ》けられた顔は明らかに何かを思い出している。

傷ついているのが見て取れて、俺まで息苦しくなった。すっかり泡の消えたビールに口を付けて間を持たせる。

やがて視線をこちらに戻した鮎沢さんが、重たい口を開いた。

「――父親、ですね。……社会人になって家を出るまでは日常的に言われていました」

そんな告白を皮切りに、鮎沢さんはぽつりぽつりと自分の身の上について話し始めた。

鮎沢さんの家は父子家庭で、彼女が幼稚園に入るよりも早く母親は家を出ていってしまったらしい。父親はビジネスの才覚がある人で複数の会社を経営していた。元々ほとんど家に帰らず、仕事一筋の人だったところ、妻がいなくなったことで子育てに時間を取られるようになり、思うように仕事を進められず事業は手詰まり。やむを得ず会社のいくつかは他の人間に譲り、心情的に鬱屈《うっくつ》した生活を送っていたらしい。

「放置されなかっただけ感謝しなきゃいけないんだと思います。ご飯はきちんと食べさせてもらっていたし、生活面や進学のことで金銭的に困ることはありませんでした。……ただちょっと酒癖が悪くて」

「……うん」

「結構、荒れたんですよね。暴力とかはなかったです。ただ……〝お前は本当にダメだな〟って。〝少しは俺に恩返ししてくれ〟って。時には泣きながら言われたりしたから、それはちょっと……応えました」

（……〝ちょっと〟なわけないだろ）

父親のやりきれなさも想像できなくはない。仕事人間だったというから、まだまだ叶《かな》えたい夢もあったんだろう――それでも。多感な時期に投げつけられた言葉が、どれほど鮎沢さんの心を縛ったか。父親は知っているんだろうか。

「だから……星川さんが言った通りなのかもですね。〝都合のいい女〟でいようとしてたのかも。こんな私を必要としてもらうには、〝とにかく尽くさなきゃいけない〟って思い込んでたのかもしれません」

近寄ってくるすべての男に父親の影を重ね、呪いみたいな言葉の数々を何度も思い出していたんだろうか。それなら、鮎沢さんが「自分なんかを好きになるはずがない」と最初から他人の気持ちをシャットアウトしてしまうのも無理はない。

でもずっとそのままでいいはずもないだろ。

「……もうやめにしよう、そういうのは」

「……星川さん？」

「忘れましょう。……言葉は所詮《しょせん》、言葉です。それに、鮎沢さんを貶《おとし》めたその言葉は、お父さんの弱い部分から出てきた言葉でしょう。信じなくていい」

「でも、私がいなければ、お父さんも弱い部分を出すことはなかったかもしれませんよね」

「鮎沢さんっ……」

ほとんど唯一の肉親からそんな心無い言葉を投げかけられれば、卑屈にもなってしまう。逆に今までよく生きてこられたなと思う。自分の存在価値さえ否定されて。――〝悪女〟でもなんでもない。子どもの頃、実父の言葉に縛られて以来、鮎沢さんは少女のままなのだ。

「もー星川さんっ、マジになるのやめましょ！」

「えっ……」

「暗い話しちゃってごめんなさい。私の話なんてどうでもいいんです。もっと楽しい話をしましょう？　星川さん、何か楽しい話、聞かせてください」

「だめだ。鮎沢さん、聞いて」

薄汚れた焼肉屋の座敷で向かい合う。他の客は俺たちのことなんて気に留《と》めることなく機嫌よく酔っていて、こんな真剣に話をしている自分がちょっと滑稽《こっけい》に思える。

でも今、茶化そうとする鮎沢さんに流されずに、彼女に伝えないといけない。

「鮎沢さんの存在がお父さんの人生を変えてしまったからって、お父さんが鮎沢さんを傷つけていい理由にはならない。それは理不尽なことです。鮎沢さんは〝理不尽だった〟って怒っていい。怒って、手放さなきゃダメだ」

「……簡単に言わないでください」

「簡単だとは思ってない」

「星川さんにはわからないでしょう」

鮎沢さんの言葉が鋭利に尖《とが》っている。声の大きさこそグッとひそめられているが、低く抑えた声からは怒りが感じ取れた。

決して相手に腹を立てることのなかった鮎沢さんが、俺に対して怒っている。

「手放せるものならとっくに手放してます。忘れられるならとっくに忘れてます。でも……そんな簡単にできてないでしょう？　人の記憶って。傷ついたらそれっきりです。ずっと、一生……覚えてて、傷つけられ続けるんです」

確かに俺は当事者ではないし。鮎沢さんがどれだけ傷ついたかだって想像に過ぎなくて、本当は十分の一も理解できていないのかもしれない。

でもここで俺が諦めたら、この子はこの先もずっと……。

「……仮に、鮎沢さんに向けられたひどい言葉が事実だったとして」

俺の言葉に反応して鮎沢さんの眉間《みけん》が〝ヒクッ〟と動き、彼女の顔は見たこともないほど険しくなっていた。明確な拒絶反応。俺の言葉が自分を傷つける内容なんじゃないかと警戒している。

俺は鮎沢さんに正しく伝わるように、ゆっくりと言葉にする。

「それは子どもだった鮎沢さんに向けられた言葉です。完全に過去のことなのに、いつまで自分のことを子どもだと思ってるんですか？」

眉間の皺《しわ》が消えていく。

「あなたはもう、立派な大人なんですよ」

険しかった顔が緩み、今度はくしゃっと歪《ゆが》んでいく。

「ほんとぉですかぁ……？」

鮎沢さんは今にも泣きだしそうなくらい、目に涙を溜《た》めて。

「大学にも行って、いっぱい勉強して、資格も取って……それなのに職場が続かなかったり、ダメな男に引っ掛かったりしてますけどっ、それでも私……ちゃんと大人になれてますかぁっ……？」

「……大人なんてそんなもんです。うまくいったり、いかなかったりしながらなんとかやっていくのが大人なんです。大人なんだから、もう自分を卑下《ひげ》するのはやめましょ」

「っ……わかっ……わかりましたっ……」

焼肉屋で女性を泣かせるという稀有《けう》な経験をしてしまった。

鮎沢さんが少し落ち着いてから店を出ようと待っていると、事の次第を見ていたらしい店主が「悲しい時は肉だ！　肉食え！」と空気が読めない感じでハラミのお代わりを持ってきてくれた。鮎沢さんは泣き笑いで肉を食らっていた。

店を出て駅に歩き出す頃には鮎沢さんはすっかり泣き止《や》んでいて、「お見苦しいところをお見せしてすみません……」と決まりが悪そうにしていた。

「俺のほうこそ、なんか……暑苦しい感じですみませんでした……」

本当に反省していた。鮎沢さんと話しているうちにヒートアップして、イタいこともこっぱずかしい台詞《せりふ》もたくさん言ってしまったような気がする……。〝ここに久住さんがいなくてよかった……〟と心底思った。

鮎沢さんは赤くなった目で笑い、洟《はな》をすすりながら言う。

「いえ……星川さんのお陰ですっきりしました。自分が何に心を占められているかって、自分では意外とわからないものなんですね……」

さっきの会話で鮎沢さんの心のしこりが綺麗になくなったとは思わない。けれど彼女の言葉通り、少しすっきりした様子で照れ臭そうに笑う鮎沢さんを見てると、〝少しでも背中を押せたのかな〟と達成感があった。

「変わる第一歩として、まずは好きな人に自分から告白してみるのはどうですか？」

「え？」

「〝いいな〟って思う人は社内にいるって言ってたでしょ、さっき。もっと自分に自信持って、告白するのもアリじゃないかなって」

それこそ大きなお世話だとは思うが、鮎沢さんの場合はそれが手っ取り早い気がする。

鮎沢さんはモテるし、彼女が真剣に思いを寄せる相手ならＯＫしてくれる可能性も高そうだ。それでうまくいって交際にまで発展すれば、更に彼女の自信に繋がるだろう。

不意に、隣で鮎沢さんが足を止めた。

「……鮎沢さん？」

俺の提案について真剣に検討しているらしい。急に立ち止まった鮎沢さんは自分の顎《あご》に指を当て、考え込んでいる。

「告白……」

「や、無理にとは言わないし、鮎沢さんのペースでいいと思うけど……」

「それでいうと私、星川さんのことが好きです」

「えっ」

空耳か？

しばらく黙って待ってみたが、鮎沢さんは言い直してくれたりはせず、真っ直ぐこっちを見ているだけ。仕方なく俺は〝それは自意識過剰《かじょう》すぎでは……〟と自己嫌悪しつつ、確かめる。

「今……俺のこと好きって言った？　空耳……？」

「空耳じゃないです」

今度はきっぱりとした言葉が返ってきた。

俺は混乱した。

（鮎沢さんが、俺を好き……？）

なんでそうなった？

正直な話、女子から面と向かって告白されるなんて何年振りかわからない。普通に動揺している。この歳になってこんな甘酸っぱい雰囲気、あるか……⁉

「実はこの間一緒に駅まで歩いたときから、気になってました」

鮎沢さんの表情に俺をからかう様子はない。顔はいたって真剣。緊張していることを示すように頰は少し紅潮していて、つられて俺も緊張してしまう。

「星川さんからは〝好き〟って言われたわけでもないのに、すごく気になるなぁって……これって、変ですかね？」

「え、あ、いや……変ではない、かと……」

自分が何を言っているのかもわからなくなってきた。しどろもどろはダメだ、格好悪い。しかし俺は目を合わせているだけで精一杯。自分に自信を持とうと一歩踏み出し始めた鮎沢さんは、全力で俺を攻略しにかかっている。

「今日たくさん元気づけてもらって、更に好きになったんですけど……」

「えー……いや……」

男とはなんと現金なものだろうか。数日前までは〝俺のタイプじゃないから大丈夫！落ちない！〟と胸を張っていたくせに、いざ告白されると七割増しで可愛く見えるから不思議だ……。

「星川さんが〝自分から告白してみろ〟って言ったんですよ」

いや、言いましたけども……。

意外と弁が立つ鮎沢さんにたじたじになる。

「うーんと……その……」

「私と、お付き合いしてもらえませんか」

要求をはっきり明言した鮎沢さんは、それ以降言葉で畳み掛けるのをやめ、俺の言葉を待つ作戦に切り替えた。

自分に自信がなかったとか嘘だろ、この押しの強さ……。

数々の男を骨抜きにしてきた大きな瞳を前に、俺は頭を悩ませた。

(ここでもし、鮎沢さんの告白を断ったとしたらどうなる……？)

俺は鮎沢さんに自信を付けさせようと思って「告白してみたら？」と言ったのだ。ここで断ったら、その自己を肯定《こうてい》しようという意欲に水を差すことにならないか？〝やっぱり私なんてそんなもんなんだ〟と思わせてしまったら、さっきの焼肉屋での会話が台無しになる。

——いや、だからってそんな理由で俺が鮎沢さんと付き合うのはおかしい。

(っていうか、俺に断る理由があるのか……？)

そうだ。義理みたいなもので鮎沢さんと付き合うのは失礼だけど、そもそも俺の視点で考えるとどうだ？　久しぶりに恋人ができて、万々歳じゃないか。うん。鮎沢さん可愛いし。いいじゃん、彼女持ち。リア充じゃん！

　そりゃあ同僚にはチクチク言われるかもしれないけど……そんなのは些細《ささい》なことだ。いいだろ、別に。自分のことを「好き」って言ってくれる女の子と付き合うってだけ。何も悪いことじゃない。同僚に何と言われようが――――いや、久住さんは？

（……久住さんはどう思うだろう？）

　休憩室で絡《から》んでくる彼女のことを頭に思い浮かべた。どうしてこのタイミングで久住さんのことを気にしているのかは、自分でもよくわからなかった。

　俺の恋愛にいつも全力で興味を示してくる久住さんは……喜ぶんだろうな、たぶん。「早く次の恋を見つけろ」ってうるさかったし。俺が「彼女ができた」って報告したら、諸手《もろて》を上げて喜ぶんだろう。

「……星川さん。ダメですか？」

　俺がいつまでも黙っているものだから、痺《しび》れを切らした鮎沢さんが再び問いかけてきた。

　断る理由は特にない。鮎沢さんと付き合えばそれなりにうまくやっていける予感もしている。久住さんだって喜ぶ――――けど、それがなんとなく、嫌だ。

「ごめん」

気が付くと俺は謝っていた。誰が見ても俺が鮎沢さんを振った状況。春が近付く夜、駅まで続く大通りの端で、俺は一つの恋を壊した。

「……やっぱりダメですか」

鮎沢さんの顔が残念そうにシュンとなる。俺は慌てて彼女に説明する。

「〝鮎沢さんだからダメ〟ってわけじゃないいんだ！　そこだけは勘違いしてほしくなくてっ……鮎沢さんに価値がないんじゃない。あなたは魅力的な女性だと思う」

「……面と向かってそう言われると照れますね？」

おどけて笑った彼女を見てホッとする。見た限り鮎沢さんは、俺の返事を必要以上に悲観的には解釈していなさそうだ。

その上で、穏やかな表情で問いかけてくる。

「なんでダメだったか、訊いてもいいですか？」

「……えっと……」

「後学のためにぜひ」

上目遣《うわめづか》いで〝じぃっ〟と覗き込んでくる。これは逃がしてくれそうにない。それに、真剣に告白してくれた彼女には真剣に答えるべきだ。

「俺が〝告白してみたら〟って言ったくせに、本当にごめん。俺は、ダメなんだ。……他に気になる子がいて」

「なーんだ、そうでしたか！　それなら仕方ないですね～」

俺の回答に満足したのか、鮎沢さんは「あーあ、残念！」と言って歩き始めた。ダメージを受けている感じ……ではない。告白したこと自体が自信になったのか、彼女の顔は朗《ほが》らかで、前を歩く後ろ姿もなんだか体が軽そうに見えた。

俺は〝気になる子〟について、深く訊かれなかったことに安堵《あんど》した。……〝他に気になる子がいる〟って。

（俺、今………誰のことを考えて言った？）

思い浮かべていた顔が、他でもない——俺が日本で一番ヤバイと思っている女子高生、久住明花《めいか》だったことに、愕然《がくぜん》とした。


後日談……というか、その後の簡単な経過報告。

あれから鮎沢さんは〝誰の誘いにでも乗る〟のをやめた。気が乗らない誘いにはＮＯと言い、過剰に男に尽くすこともしなくなった。男性陣はこぞって「本命でもできたのかな？」と首を傾げていたが、あの様子ならいずれ〝潰し屋〟や〝悪女〟といった噂は消えていくだろう。つい最近本気で気になる人もできたようで、鮎沢さんは更に綺麗になった、と思う。

　俺が彼女を食事に誘ったことで同僚からは「それで結局どうなった」「お前も振られたんだよな？」としばらく質問攻めの日々が続いたが、それには一律《いちりつ》「どうにもなってません」と答えている。鮎沢さんとは今まで通り、俺が受付を通り過ぎるときに挨拶をするだけの関係が続いている。

「あっ、星川さん、帰宅ですか？　お疲れ様です！」

　他の社員には会釈をするなか、俺には笑顔で可愛く手を振ってくれるので〝付き合っていた可能性……〟と頭によぎってしまうことはあるけども。

「ああ……お疲れ様です」

　ぎこちなく手を振り返しつつ、思う。これで正しかったのだと。


　六時過ぎに会社を出て、向かったのは英会話スクール。今日は月曜日。週に三回ある雅美先生のレッスンの日だった。

　ビルに着き、スクールが入っている四階までエレベーターで上がる。ベージュを基本とした木目調の明るい内装の受付に足を踏み入れる。いつもならそこで受付のお姉さんと挨拶をするのだが、今日は不在で、代わりに廊下を歩いてきた雅美先生とばったり鉢合《はちあ》わせた。

「あ、星川さん！」

「こんばんは、雅美先生」

今日は黒のハイネックシャツに白のレーススカート。エナメル質の細いサスペンダーを着けていてモード感のあるファッションだった。先週の服装よりも一歩春めいている気がする。

彼女はついに来月、高校時代から付き合っていた洋平さんと籍を入れ、都内のホテルに併設された式場で結婚式を挙げる。式に向けてエステにも通い始めたと言っていた。確かに最近の雅美先生は特に綺麗だ。それは別にエステのお陰だけじゃなく、今が幸せだからかもしれないけど。

先日は、指輪を載せるリングピローを綾子ちゃんが手作りしてくれるのだと嬉しそうに話していた。

「今日の高校生コースは変則的でいつもより開始と終了が早かったので、明花ちゃんもう休憩室で待ってますよ」

「あ、そうですか……」

当たり前のように「待ってますよ」と言われても困る。別に待ち合わせをしているわけでもないのに。しかも今は、なるべくなら顔を合わせたくないくらいなのに……。

「……なんです？」

雅美先生が探るような目で俺の顔を覗き込んできていた。普段からフランクで距離感の近い人だが、この角度で見つめられることはあまりないのでちょっと戸惑《とまど》う。

雅美先生は言った。

「星川さんってロリコンなんですか？」

「真剣な顔で訊くのやめてもらえますかね……」

深くため息をつく。今そこんとこ、すごくセンシティブなんです……なんて言おうものなら質問攻めにあうのは目に見えている。絶対に言わない。

俺はやんわりと否定する言葉を選んだ。

「んなわけないでしょう。だって、いくつ離れてると思ってるんですか？　十歳以上ですよ？　まかり間違って久住さんに手ぇ出したら、彼女の年齢だと淫行罪で捕まります」

「あー確かに……そうですねぇ」

自分の放った言葉がそのまま槍《やり》になって降ってくる。そうだ。淫行罪だ。

高校生の頃、神社で幼女と鬼ごっこをしていただけであらぬ疑いをかけられ、補導されそうになったことを思い出した。あの時は完全に濡れ衣《ぎぬ》だったが……好意を自覚していたら、それだけで黒に近いような気がして。

雅美先生は「ではまた後《のち》ほど！」と明るく言って去っていった。今の会話はたいがい冗談で、彼女もまさか、俺が本当に久住さんのことをどうこう……なんてことは思っていないのだ。

(淫行罪……)

その三文字が重く頭にのしかかったまま、俺は休憩室に向かった。

鮎沢さんに告白され、久住さんのことを意識し始めたあの夜以降も、俺はここで何回か久住さんと顔を合わせている。普通に接することができていたと思う。別に久住さんを前にして緊張することもないし、どうしようもない衝動に駆られることもない。

ただ一つだけ、明らかに変わったことがある。それは今後しばらく久住さんと顔を合わせるたびに、ずっと注意しなくてはいけないこと。そう——俺は久住さんに、もう何が何でも触れられるわけにはいかないのだ。もしうっかり接触されようものなら〝恋に落ちた瞬間〟を覗かれ、この気持ちがバレてしまう。絶対に触れられてはいけない！

(……よし)

休憩室の扉の前に立つだけでこの異様な緊張感。出会い頭《がしら》に飛びつかれる可能性は無きにしも非ず。すぐに逃げられるよう、万全の態勢でそろりと扉を開ける。

雅美先生の言葉通り、久住さんがいた。その姿を見つけた俺は盛大に脱力する。

(寝ておる……)

爆睡だった。

休憩室に設置された長机の上、スクールバッグを枕にしてすやすやと規則的な寝息をたてている。俺は後ろ手に休憩室の扉を閉め、呆れながら彼女のもとに近寄った。

「久住さん」

声をかける。

しかし彼女はぴくりともしない。

「久住さんって」

今度は少し声を大きくし、肩を揺さぶって起こそうとしたが――危ない！　俺が触るのもダメだ。俺が彼女に触るのは、犯罪的な意味でダメだ。触れるだけで捕まりはしないと知っているが、余計な疑いがかかることはしないほうがいい。

「……久住さん」

どうしようもないので、触れずにもう一度声をかけた。

やっぱり彼女は起きない。

しばらく隣に立ったまま彼女を見下ろす。寝顔は歳よりも幼く見えるくらいあどけなく、余計に罪悪感が募《つの》る。いや、別に手を出すつもりがあるわけじゃないんだけど……。恋しく思うこと自体許されないような気がして、怖くて、これが本当に恋なのかどうか向き合うことさえ難しかった

でも今こうやって寝顔を見ていながら、〝いい夢を見ていたらいいな〟と願うのは……。

「………勘弁してくれ、本当に」

恋なんて頑張ったところでできないと思っていた。努力してするものじゃなくて、落ちるときに勝手に落ちるものだとなんとなく知っていた。

それがまさかこんな形で。

「はぁ……」

ため息とともに、ごく自然に手が伸びていた。後から思い返しても無意識のことだったと思う。意識がちゃんと働いていれば、俺は理性でその手を止めていたはずだから。

〝くしゃっ……〟と久住さんの柔らかい髪を撫《な》でつけていた。

どこが好きなのかと自分に問えばさっぱりわからないし、〝鬱陶《うっとう》しいな〟と思う気持ちもなくなったわけじゃない。平気で嘘をつく癖はなおしたほうがいいと思うし、将来が心配だし、惹《ひ》かれる要素なんてこれっぽっちもない。

――はず。

なんだけど。

「…………あっ」

このとき俺は忘れていた。迂闊《うかつ》に久住さんに触れてはいけない理由は〝淫行罪〟だけじゃない。自分は〝人が恋を失った瞬間が視える〟という不思議体質だったことを、すっかり忘れていた。久住さんに自分から触れるのは初めてだった。

頭に流れてくる映像。

あまりに鮮明で、鮮烈な――――後悔の景色。

（…………お前がヒリついてる原因は、ソレ、か）

傷を知って、俺はまた彼女の深みに嵌《は》まっていくのだ。

4. 恋落ちヲトメ

「星川《ほしかわ》さんちょっと……最近何か変じゃありません？」

ジト目を向けて指摘すると星川さんの眉がピクッと動いた。私は確信する。星川さんは何か、私に隠し事をしている。

居心地悪そうに目をそらし、顔を背《そむ》ける星川さん。

「……〝何か〟って何？　別に普通だろ」

いつもの英会話スクールの休憩室。星川さんのレッスンが始まるまでのいつもの短い時間。私はいつも通り彼の隣の席に座り、食い入るように彼の顔を覗《のぞ》き込んでいた。

「こら、近い」

手のひらを向けて制してくる。……やっぱり何かがおかしい。いつもだったらこんなぬるい怒り方じゃなく、もっと勢いよく「やめろ！」「変な噂《うわさ》が立つだろうが！」と怒ってくるのに。こんなに覇気のない態度を取られるとこっちの調子がくるってしまう。

最近の星川さんは明らかに元気がなかった。

「春の人事異動で何か嫌なことでもあったんですか？　反《そ》りの合わない人が異動してきたとか？」

「ないよ」

「じゃあ……恋わずらい？　もしかして好きな人できました？」

問いかけると星川さんの顔が〝ギンッ！〟と急に険しくなった。例えるなら般若《はんにゃ》。ものすごい形相《ぎょうそう》でこっちを見てくるので、驚いた私は一瞬気圧《けお》されてしまった。

「……視たのか？」

「いいえ、まだ。……え？　その様子だと本当に……」

「違う。好きな人なんてできてない」

「いや、そんなわかりやすい反応しておいて……！　えっ！　嘘でしょ星川さん！」

星川さんの反応が完全にクロで、私のテンションはどんどん上がっていった。そうとわかると般若の顔も怖くない。〝知りたい〟気持ちが勝ち、怒られることも辞さない勇気が湧く。私は喜び勇んで星川さんの後頭部に触れようとした――のだけども。

「触るな!!」

「うぇっ……」

本気で拒絶され、触れようとしていた手はビクッと震えて宙に浮いたまま。

ちょっと怒られるくらいなら慣れっこだったが、こんな風に声を荒らげて怒る星川さんは初めてだった。その上私は小学生の頃、同級生の男の子から同じように「触るな!!」と拒絶された記憶を重ねてしまい、完全にフリーズしてしまう。

本気の拒絶は一瞬息ができなくなるくらい、結構キツい。

「あ………ごめん。大きな声出して」

星川さんはすぐに謝ってくれたけれど、触れることは頑《かたく》なに許してくれなかった。

「とにかく……勝手に視《み》るのはもうやめてくれ」

「…………もし破って視てしまったら?」

「もしものことを訊《き》くな。破る気満々じゃないか…………〝やめて〟って言ってるのに破ってくるようなら、きみとはもう絶交だ」

「絶交……」

その言葉はなかなかに重く、私に触れさせないようにするには充分効力のある言葉だった。ここまで親交を深めた星川さんから絶交されるのは嫌だ。

同時に、「絶交」という言葉を使う星川さんのことを〝ちょっと可愛いな〟とも思った。その言葉が出てくるということは、私と仲が良いと思っている証拠でもある。それがちょっと嬉しい。

「……ふふっ」

「……なぜ笑う。冗談じゃないからな。絶対に視るなよ」

「とりあえず、承知しました」

「〝とりあえず〟じゃない……」

私が手を引っ込め、この場で星川さんの〝恋に落ちた瞬間〟を覗くつもりはないことを示すと、彼は目に見えてホッとしていた。

誰なのかはさっぱり見当がつかないけど——皆さん。星川さんに好きな人ができたみたいですよ！

「告白はいつですか!?」

「だから、好きな人はできてないいってっ……」

性懲《しょうこ》りもなく繰り返される嘘の供述。すぐにでも相手を確認して具体的な告白作戦を立てたいけど、今回の星川さんはどうにも頑なだ。どうしてなんだろう？　好きになった相手のことを、私に知られたくないということは——。

「…………あー!!」

閃《ひらめ》いた私は、さっきの星川さんに負けず劣らず大きな声を出していた。あまりにうるさいと受付のお姉さんに注意されてしまうかも。叫んでから不安になった。

私の声に驚いた星川さんは椅子からずり落ちそうになっていた。

「なっ……なに」

「私、わかったかもしれません！　星川さんが誰を好きになったのか！」

「えっ⁉　いやっ……えぇっ⁉」

〝好きな人はできてない〟と言ったくせに、星川さんのリアクションは明らかに狼狽《うろた》えていた。大人なのにこんなに嘘が下手《へた》でやっていけるんだろうか……？　ちょっと心配になってしまう。

触れて視ずともわかってしまった恋の相手。わかりやすく慌《あわ》てふためいている星川さんに向かって、私は自信満々で回答する。

「〝悪女さん〟でしょう⁉」

「………………は？」

悪女さん。星川さんが勤めるシュアリー化粧品の受付のお姉さん。星川さんがしてくれた話の中に登場しただけだから、私は本人を見たことがないけれど。

「先月から星川さん、〝悪女さん〟のこと、やけに気にしてましたもんね……」

「いや……」

「〝男を弄《もてあそ》んでる〟とか〝地獄に落ちればいいのに〟とか言った手前、そんな相手を好きになってしまったなんて私には言い出しにくかったのかなーって……」

「待て、違う。しかも〝地獄に落ちればいいのに〟は俺じゃなくて久住《くずみ》さんが言ったことだからな⁉」

「そうでしたっけ？」

悪女さんではないのか……。

星川さんの突っ込みが通常運転に戻っているので、相手は本当に悪女さんではないらしい。

（なんだ、そっか～……）

推理がはずれていたことにがっかりする反面、〝よかった〟と少し安心している私もいる。以前星川さんから彼女の話を聞いた感じ、だいぶややこしそうな女の人だという印象だったから、そんな人が相手でなくてよかった。

「地獄に落ちればいいのに」というのも決して言い過ぎではない。私の経験から言っても、他人からの好意に気付かないフリをして楽しむような人間は地獄に落ちればいい、と……本気でそう思っている。

いつも通りの怒り方をしてエネルギーを消費したらしい星川さんは、深いため息をついた。

「あのなぁ……。久住さんには話してなかったけど、きみの言う〝悪女さん〟……名前は〝鮎沢《あゆざわ》さん〟っていうんだけど、そんなに悪い人じゃなかったよ」

「……そうなんですか？」

この言い方だと、星川さんは悪女さんの一件に首を突っ込んで深く関《かか》わった雰囲気だ。

星川さんにはちょっとそういうところがある。例えば鬱陶《うっとう》しく絡《から》んでくる私のこととか、たまたま知り合った綾子《あやこ》のこととか。いずれもスルーすることができたはずなのに、何かあるとすっ飛んできてくれたりする。

私のことを〝お節介〟だと言うけど、彼も負けず劣らずお節介焼きだと思うし、私と違って星川さんはお人よし。気を付けないとすぐに厄介ごとに巻き込まれてしまいそうな危ういタイプ。

「それに……」

星川さんは言う。言葉を選んでいるように、とても慎重に。

「〝地獄に落ちればいい〟なんて、そんなに……人を責めるもんじゃないよ」

「……変な星川さん。先月その話をした時はそんなこと言わなかったじゃないですか」

「うん、まあ。そうなんだけど……」

なんだろう、また歯切れが悪くなった。やっぱり最近の星川さんは様子がおかしい。

今の言い方も、まるで〝そんなに自分を責めるもんじゃないよ〟と言われているような気がした。私の考えすぎ？　星川さんが私の事情を知っているはずもないし。だって一度も、星川さんは私に触れていないはず。私から星川さんに触れることがあっても、逆はないように私自身が気をつけてきたから。

（さすがに考えすぎかな……）

「そろそろ行くわ。気をつけて帰れよ」

そう言って席から立ち上がり、仕事用の鞄《かばん》を持ち上げる星川さん。間もなく雅美《まさみ》先生のレッスンが始まる。タイムアップ。これ以上の追及はできない。

私は「はい、また来週」と屈託《くったく》のない笑顔をつくって彼を休憩室から送り出した。部屋を出ていく間際《まぎわ》の星川さんの横顔に元気がないのを見て、私は思った。

（星川さん……まさか）


私の失恋を覗いたりとか……してない、ですよね？

・

今の季節は春。四月になり、私は高校三年生になった。

満開の桜並木の下、桜の木が抱《かか》えきれずに零《こぼ》した花びらを踏んで家から駅までの道を行く。高校に行くのは特段憂鬱《ゆううつ》でも、楽しみでもない。学校生活における一大イベントであるクラス替えも私にはあまり意味がなかった。誰とも深く関わらないことに決めているから、誰と同じクラスになろうが一緒だ。

駅の改札を潜《くぐ》り抜け、いつもと同じ車両、いつもと同じ座席に腰掛けて日課を始める。

通学中は人間観察の時間。私はスクールバッグの中から文庫本を取り出し、一ページも読み進めることなく周囲の人間に意識を向ける。

電車のドアの近くに立っている女の子。ここから六駅先にある高校の生徒。この間まで髪はサイドにシュシュで一つまとめにしていたけど、最近は下ろしていることが多い。彼に「下ろしてるほうがいいよ」とでも言われたんだろうか？

彼女の隣には五駅先の男子高に通う男の子が立っており、二人は仲睦《なかむつ》まじくイヤホンを分け合って音楽を聴いている。彼女の努力の甲斐《かい》あって二人は先月付き合い始めた。恐らく今が一番イチャイチャしたい盛り。完全に二人の世界に入って、彼の学校の最寄《もよ》り駅に着くまでの短い時間を堪能《たんのう》している。

（よかったね）

私が何をしたわけでもなく、ただ見守っていただけの恋。彼女は私の存在にすら気付いていないだろう。一つの恋が幸せに実ったことを見届けて、私は追いかけていたもう一つの恋に視線を向ける。

隣に座っている強面《こわもて》のお兄さん。スキンヘッドにグラサンという風貌《ふうぼう》だった彼は……約二カ月で信じられないほどの変貌を遂《と》げていた。短くカットされた髪。爽《さわ》やかなフランネルシャツ。グラサンはやめたらしい。顔が見えると意外と若いことがわかった。たぶん星川さんと同じか、星川さんより少し若いくらい。二十代半ば？

お兄さんから見て私の逆隣には見覚えのある女の人が座っている。私の記憶が確かなら、この人は痴漢に遭《あ》っていたところをお兄さんに助けられた人だ。お兄さんはカチコチと緊張した面持《おもも》ちで正面を向いていて、お姉さんは照れ臭《くさ》そうに目を伏せている。

二人の手はお兄さんの膝《ひざ》の上で重ねられていた。

（――おお！　おめでとう！）

うわ、こっちもか……！　二人がうまくいっていることには今気が付いた。

えぇっ……そっかぁ。へぇ……よかったねぇ。お兄さんの恋を覗いた時に、強面だけどほんとはとってもいい人だと知ったから、彼の想いが報《むく》われたことが純粋に嬉しい。

――こうして人の恋の顛末《てんまつ》を見守るだけでも充分楽しい。〝人が恋に落ちる瞬間〟を視て、そのシチュエーションやきっかけの一言にドキドキして。その後告白するまでのなりゆきにハラハラしながら見守って。

ほんとはそれだけでいいのかもしれない。「告白しましょう！」なんて干渉《かんしょう》するのは、星川さんの言う通り私の理想の押し付けにしか過ぎないのかも。

（……でも何もしないなら、私のこの能力には何の意味があるの？）

〝人が恋に落ちる瞬間〟が視えるようになったのは私が小学生の時。何がきっかけだったかには、実は見当がついている。

お母さんと近所のスーパーに出かけていたあの日、私は行きしなに通りかかった長い石段がどうしても気になって、こっそりスーパーを抜け出し、一人で石段があった場所まで引き返した。

まだ小学一年生でちんちくりんだった私が上るのには一苦労の長い石段。やっとの思いで階段を上りきると神社があって、本堂にお賽銭箱《さいせんばこ》を見つけた。

（……お金！）

初詣《はつもうで》でお参りをした時のことを思い出した私はスカートのポケットに手を突っ込み、自分の所持金を確認した。ポケットの中には百円玉が五枚。スーパーでお菓子を買うつもりで持ってきたお金が入っている。ここまで上ってきたからには何かお願い事をしたい。

〝何をお願いしよう〟と考えたときに――当時の私の関心事は専《もっぱ》ら〝恋〟だった。少女漫画のような恋に憧《あこが》れていた。あれほど心ときめく出来事は現実にはなかったけれど、それは私がまだ小学生だからで、大きくなって中学生や高校生になればあんなドラマチックな出来事がバンバン起きるんだろうなと思っていた。

だから私は、神様に願ったのだ。

〝素敵な恋をたくさん知りたいです、神様！　いっぱい恋を教えてください！〟

有り金の五百円をすべて賽銭箱に放り込み、恋への憧れや夢を語りまくった。——そして私はこの日を境に、〝人が恋に落ちる瞬間〟が視える能力を宿した。理由はこれより他に考えられない。


（……懐《なつ》かしいなぁ）

電車に揺られながらのんびり回想していると、忘れていたようなことまで思い出してくる。神社でお願い事をしたあの日、そういえばあそこにいたのは私一人じゃなかった。

あの日はお母さんに死ぬほど怒られて、たくさん泣いて、散々だった記憶が色濃く残っていたけど…………お母さんが私を見つけ出すより前、迎えを待つ間、年上のお兄ちゃんが鬼ごっこをして一緒に遊んでくれていたんだった。

今思えばあれが私の初恋かもしれない。十年も前のことだからもう顔もはっきり覚えていないけど、私はあの後、〝あのお兄ちゃんに似ているな〟という理由で男の人を好きになっている。

(圭《けい》くん)

久しぶりにはっきりその人の名前を思い浮かべ、私は無性《むしょう》に彼に会いたくなった。

――神足圭一郎《こうたりけいいちろう》。私の幼馴染《おさななじ》みであり、私の通っていた中学の先生でもあった彼とは、もう久しく会っていない。

「……よし。休んじゃうかぁ」

特に大きな決断は必要なかった。憂鬱でも楽しみでもない学校は自主休校。私は適当な駅で途中下車するとホームから学校に電話をかけ、学年主任の先生に体調不良で休む旨《むね》を告げた。今日までほとんど皆勤賞だったんだから、一日くらいはいいでしょう。

それから私は普段は使わない路線に乗り換え、途中の駅で花を買った。彼がいる場所までは結構な道のりだ。普段は人間観察のためにフェイクで持っている文庫本を、今日はきちんと読んでもいいかもしれない。

(圭くん……そういえば、そろそろ)

あなたとお別れをしてから、三度目の春です。

私の小中学校時代の黒歴史については前にも説明した通り。〝人が恋に落ちた瞬間が視える〟能力のお陰で私は小学校で一躍スターとなり、そして同じ能力のせいで全校生徒から忌《い》み嫌われる存在になった。誰も私のことを知らない今の高校に進学するまでの、小学校中学年から中学校にかけての約七年ほど、私は肩身の狭い思いで学校生活を送っていた。

でも決して、絶望するほど孤独だったわけじゃない。これも前に話したことだけど、私には幼馴染みの須戸《すど》綾子がいた。幼稚園からの付き合いで、なおかつ他校に通っていた彼女とは定期的に遊んでいたし――――実は他にももう一人。最低だったはずの私の七年間を支えてくれた人がいた。

それがこれから会いに行く〝神足圭一郎〟。

私は幼い頃から彼を〝圭くん〟と呼んでいる。

圭くんは私が九歳の頃、隣の家に引っ越してきた。彼は当時大学生で、自宅から通える距離にある国立大学に通っていた。私と同じ一人っ子。そして私と同じで両親が共働きをしていたから、私たちは早いうちから一緒におやつを食べるようになった。

〝明花《めいか》、一緒にホットケーキ焼く？〟

背が高くて明朗なお兄ちゃん。そして、ちょっとおっちょこちょい。第一印象が〝神社で出会ったあのお兄ちゃんに似てるな〟だったこともあり、私はすぐに圭くんに懐いた。

似ているんじゃなくて本当にあの時のお兄ちゃんでは？　とも疑ったけど、本人に訊いてもお母さんに訊いても「違う」と言われた。言われてみれば違うのかもと思った。あの時のお兄ちゃんよりも圭くんのほうが賢そうな顔をしているかも……。

圭くんと出会った頃、私は既《すで》に学校でハブられていた。放課後、綾子とはよく遊んでいたけど、綾子には綾子の通う学校での友達もいる。当然私ばかりが彼女を独占していいはずもないので、私には予定のない放課後が多かった。お母さんも「綾子ちゃん以外に仲のいい友達はいないの……？」と不審に思い始めていたので――圭くんの登場は、私にとって都合が良かった。

〝今日も圭くんと遊ぶ！〟

お隣の圭一郎くんにべったりな明花。……というのは、それはそれでお母さんを心配させたかもしれないけど、〝学校でハブられていて放課後遊ぶ友達がいない明花〟という事実よりはマシだと考えた。私はお母さんの不審の目から逃れるために、放課後は圭くんの家に通った。今考えればなんとはた迷惑な子どもだったか。大学生の圭くんにはバイトも遊びの予定も山ほどあっただろうに。

今ほどではないにしても、少なからず〝迷惑をかけている〟という意識があった九歳の私は大人ぶって「私のことは放っておいていいよ」なんて言っていた。「明花はここでおとなしく本読んでるから、圭くんは勉強してていいよ」とかなんとか言って。

普通の大学生だったら、隣に住む小学生の女の子の子守なんてすぐ飽きて投げ出していたと思う。けれど圭くんは優しく、その上鋭い人だった。「ここにいるなら俺に構ってよ」と言って遊んでくれて、それから私の心がほぐれた後で「自分の家にいたくない理由を教えて」と、悩みを引き出してくれた。

〝実はね……〟

学校でハブられるようになって以来、自分から〝人が恋に落ちた瞬間が視える〟能力について人に話したのは、圭くんが初めてだった。クラスメイトたちは同じ小学生だったから信じてくれたけど、いい大人がこんな話を信じてくれるはずがない。

しかし圭くんは鼻で笑うことはせず、「それはすごいな」と感心して褒《ほ》めてくれた。そして圭くんの家に入り浸《びた》るようになった理由を説明するために、小学校で起きたこと、現在進行形でハブられていることを話すと、自分のことのように痛そうな顔になって共感してくれた。

圭くんからは「両親や先生に相談してみたら?」と提案されたけど、私はそれはしたくないと頑として首を縦《たて》に振らなかった。元は自分が撒《ま》いた種で、人の秘密をバラしてしまった罪は償《つぐな》わないといけないから、このままでいいと。

夕日の射す圭くんの部屋で、私は私が抱《かか》えている問題について話した。誰かにあんなに真面目《まじめ》に自分のことや自分の考えを話したのは初めての経験で。それを余計な口を挟まず辛抱《しんぼう》強く聞いてくれていた圭くんは、私にとっていっとう特別な人になった。


それからの私はお母さんへのポーズじゃなくて、純粋に圭くんに会いたくて彼の家に遊びに行くようになった。彼には彼の生活があるから、遊びに行くのは多くても週に一回と決めて。それでもなお持て余す時間は両親に「塾に行きたい」とお願いして埋めた。

圭くんは私にいろんな遊びを教えてくれた。私の家にはなかったテレビゲームに、外国のおしゃれなボードゲーム。夏になれば電車に乗って川へ。冬になれば一緒に家の前で雪だるまを作った。

実の兄妹よりは遠慮や気兼ねがあるけど、他人ほど気心が知れないわけでもない。私たちの関係は〝親戚のお兄ちゃんと妹〟に近かった。

そんな風に可愛がってくれていたけど、彼は必要以上に私を子ども扱いしない。真面目な話をする時には、私が同い年であるかのように対等に接してくれた。

〝明花が自分のことを教えてくれたから、代わりに俺の秘密も一個だけ。全然たいしたことではないんだけど……〟

〝将来は英語の先生になりたいんだ〟

それは聞く限り、圭くんが自分の両親にもまだ打ち明けていないような秘密の夢だった。彼は大学で〝教職課程〟を取ろうと思っているのだと。当時の私はたぶんよくわかっていなかったけど、彼は私に英語の先生になるために必要なことをいろいろと教えてくれた。

〝そうなの！　へぇ、圭くん……そうなんだ～！〟

能力で勝手に視て知るのではなく、人から打ち明けてもらう秘密はこそばゆくて嬉しかった。

綾子と同じように掛け替えのない存在。だから私は綾子にもそうしたように、圭くんに対しても〝彼の恋は覗かない〟と決めていた。どんな時でも彼には指一本触れない。
私のこの能力は、私の大切な人との間に少し物理的な距離を作ってしまうものだったけど、こうやって圭くんが心を通わせようとしてくれるから寂《さび》しくなかった。

そのまま時は流れて。

私は中学生になった。圭くんは〝子どもに英語を教えたい〟という夢を立派に叶《かな》え、しかも驚いたことに、彼は私の通う中学校に新任の先生としてやってきた。

〝……えっ!!〟

入学式の終盤、新任の先生の紹介で圭くんが登壇した時はびっくりしすぎて悲鳴を上げそうになった。その日まで私は彼の赴任先を聞かされていなかったのだ。
入学式が終わって生徒がクラスごとの教室へと誘導されていく中、私は列を飛び出して圭くんのもとへ駆け寄った。職員室に移動しようとしていた彼を呼び止め、興奮のまま小声で「圭くん！」と呼ぶと、圭くんは困った顔で「神足先生って呼びなさい」と私に注意した。

〝びっくりさせると思ったから黙ってたんだ〟

家に帰るとそんな風に弁解をした圭くん。

（いや、入学式で突然見かけるほうがびっくりするよ……？）

気まずそうに頬を掻く彼は、赴任先が私と同じ中学に決まった偶然を喜んでいないように見えた。私は馬鹿だったので、放課後以外に学校でも圭くんに会えることを単純に嬉しいと思っていた。喜びより戸惑《とまど》いが勝っている彼の態度が面白くなくて、「圭くんは私と一緒が嫌なんだー」といじけてみせたりなんかして。

〝嫌っていうか……恥ずかしいだろ、普通に。新任の教師なんて怒られることばっかりだし、格好悪いとこばっかり見られる〟

（なんだ、そんなことか）

だけどそう言われて、私自身も似たような状態であることに気付き、腑《ふ》に落ちた。

校区通りの中学校に進学したから、小学校での騒動を知っている子は当然私を避ける。

〝人が恋に落ちた瞬間が視える〟なんて中学生にもなれば信じない子もいるだろうけど、なんとなく私を避ける雰囲気は伝染し、私は中学校でもハブられることになるだろう。私も学校での私なんて見られたくない。〝ハブられている〟という、みじめで、格好悪くて、情けないところ——圭くんに見られるのは嫌だった。

〝だからおあいこだよ、圭くん〟

私がそう説明すると、彼は複雑そうな顔をしつつ渋々納得した。圭くんは私が置かれている状況を〝なんとかしないと〟とまだ思っていて、でも具体的な解決策を見つけられず、もどかしそうにしていた。

(別にいいのに)

自分で選んだことだから、誰かになんとかしてもらおうなんて思っていなかった。情けないところは確かに見られたくないけど、いつでも圭くんが近くにいるというのは心強い。

そうして回り始めた私と圭くんのそれぞれの学校生活。案の定、圭くんは他の先生たちから怒られてよく凹《へこ》んでいた。私も予想通りクラスメイトたちからは綺麗にハブられて、心情的に居場所がなかった私たちは、いつしか昼休みには屋上で身を寄せ合うようになった。

〝大人になってこんなにイビられるとは……〟

屋上の床に直《じか》に体育座りをして項垂《うなだ》れる圭くん。赴任してしばらくの間、彼はかなり参っているみたいだった。それは新人の先生が誰しも通る洗礼みたいなものなのか、それともうちの中学校の先生たちが特別厳しいのかはわからなかったけれど。

私も彼の隣で体育座りをして、月並みな言葉で彼を元気づけた。

〝圭くんは頑張ってるよ〟

すると彼もこう返してくれる。

〝明花も頑張ってるよ〟

別に私は何も頑張ってなどいなかった。だけど……なんだろうなぁ。傷を舐《な》め合うようような、お互いを甘やかし合うような。〝馴れ合っている〟と言われても仕方がないくらいの、そんな生ぬるく優しい時間が屋上に流れていた。学校の中の唯一《ゆいいつ》の回復ポイント。そこで小まめにＨＰを回復し合って、私たちはいくつもの一週間を乗り越えた。

——そんなある日のことだ。

昼休みになり、私がいつものように屋上に行くと、圭くんは腕組みをして壁に凭《もた》れかかり眠りこけていた。

雲一つない晴れ渡った空の下、〝くー……〟と静かな寝息をたてている。私はしばらく黙って隣に座っていたけど早々に飽きてしまい、隣で眠る圭くんを観察することにした。

（…………綺麗な顔）

目と口を閉じているとよくわかる。彼の顔のパーツは整っていて、すっと通った鼻筋も、薄い唇も、総合すると〝格好いい〟の部類に入るんだろう。

私は知っていた。圭くんが学校の女子たちの間で密《ひそ》かに人気になっていることを。〝若い男の先生〟というだけで基礎点が高いところ、そこそこ格好いいんだから当然の結果か。この間は手作りのお菓子を貰《もら》っているところを見かけた。

（変わってない……ような、気もするけど……）

大人になっているといえば、なっているかもしれない。出会った時から圭くんは年上でお兄ちゃんだったから、あまり実感はない。格好いいのは認めるが、急に女子からちやほやされだしたことには違和感がある。或《あ》いは私が知らなかっただけで、大学でもモテてたのかな。彼女とかはいなかったはずだ。

（………あ）

じっと寝顔を観察しているうちに、彼の目の下にうっすらクマができているのを見つけた。

（おー……お疲れですなぁ）

日々の授業の準備もあるし、部活の顧問も大変そうだった。経験もないのに女子ハンドボール部と男子テニス部の顧問をすることになったそうで、私が冗談で「圭くんが顧問なら女子ハンドボール部に入ろうかなぁ」と言った時には、ぐったりした顔で「まじでやめて」と言われた。

たぶん、私にも話していないような苦労やストレスはいっぱいあるんだろう。毎日毎日いろんなことに頭を悩ませて、怒られて、人知れず努力をして。――うまく言えないけど、圭くんはほんとに頑張ってる。

誰かもっと上手な言葉で、私の代わりにたくさん褒めてあげてほしい。年下の私の頼りない言葉なんかじゃなくて。もっと言葉に重みと説得力のある人が、認めてあげてほしい。

私の言葉じゃ追いつかないことがもどかしくて、気付けば手を伸ばしていた。

圭くんの柔らかな髪の膨らみを手のひらで押し潰し、頭を撫《な》で、心の中で日々の努力を称賛《しょうさん》する。——そして馬鹿な私は気付く。

「あっ」

触っちゃった。

ぱっと手を離す。

(わ。ばか、だめ、視るなっ……)

頭に流れてくる映像をとっさに振り払おうとしたけど、そこまでコントロールが自由に利《き》く能力じゃない。一度頭の中で再生が始まってしまった映像は止まらず、圭くんの恋を詳《つまび》らかにしていく。

「…………えっ」

正直なところ知りたい気持ちもあって。もう映像は始まってしまっているのだし、〝仕方ない〟と勝手に諦《あきら》めた私が視たのは——。

(…………私だ)

圭くんの目を通して見た私だった。

最近屋上で「圭くんは頑張ってるよ」と励ましていた私。入学式の後に興奮した様子で「圭くん！」と話しかけてくる私。まだ小学生の頃、彼から将来の夢を聞かせてもらって「そうなんだ〜！」とテンションが上がっている私……。

ぜんぶ、私。

（あっ、えっ……！　それは……つまりっ……）

圭くんの好きな人は、私。

——えらい秘密を覗いてしまった。

「……」

あまりに動揺していたので、私は自分に〝落ち着け、落ち着け〟と言い聞かせ、とりあえず圭くんのほうを向いたままその場に正座した。それまでに何人もの〝恋に落ちる瞬間〟を覗いてきたけど、相手が私なのは初めてのパターンだった。

彼はまだよく眠っている。閉じられていた口はいつの間にか半開きになっていて、時々頭が前に倒れそうになってコックリコックリしている。

「……今のはほんとですかね、圭くん」

爆睡である。もちろん返事はない。私は勝手に一人カァッと顔を赤くしていた。

なんというか……〝そんな気がしていた〟と言ったら言い過ぎだし、自惚《うぬぼ》れも甚《はなは》だしくて人から怒られてしまいそうだけど、まったく予感がないわけではなかった。私に特別優しくて気安い圭くん。彼が私と同じように女子に接している場面を、私は見たことがない。大事にされている自覚はあった。それは付き合いの長さゆえだと思っていたけど、一方で〝それだけじゃないかもしれない〟とも思っていた。彼の〝恋に落ちた瞬間〟を視た時の映像にもあったように、私たちは何度も心を通わせる会話をしてきた。私の頭の中に流れてきた映像が一つではなかったように、彼の気持ちが恋に育ったきっかけも、一つではなかったんだろう。

そしてそれは、私にも言えることで。

「あのね、圭くん。実は私も……」

相手が眠っているのをいいことに打ち明けようとした。はっきり言葉にして認めるのは初めてで、私がドキドキしながら続きを告げようとすると――ちょうどその時、強い風が吹いて。

「わぶッ……」

スカートが舞い上がるほどの突風だった。顔にも風圧を感じたので私は目を開けていられず、慌てて自分のスカートの裾《すそ》を押さえる。突風は眠っていた圭くんをも起こしたようで、彼は「んぁ……？　明花……？」と小さな呻《うめ》き声をあげて目を覚ました。

「んぁ……？　明花……？」

「あ……」

しばらく閉じられていた目が私の姿を映し出す。秘密を知ってしまった私は緊張する。

〝圭くんが私を好き〟ということが頭から離れず、これまで彼の前でどんな風にしゃべり振る舞っていたのかが思い出せなくなる。

「うわ……ごめん、俺だいぶ寝てた……？」

腕時計に目をやりながら寝癖《ねぐせ》をなおす圭くん。

「……ううん。私も今来たとこだし、たぶんそんなには……」

嘘をつく私。

（まだ少しこのままでいいか）

それからの毎日は楽しくてたまらなかった。〝圭くんが私に恋をしている〟とわかって、彼のやること為《な》すこと、一切合切《いっさいがっさい》の見え方が変わったのだ。

〝明花、ひと口〟

昼休みに屋上で一緒に昼食を摂《と》る時、私がコンビニの新商品の飲み物を買っていくと圭くんは決まって「ひと口くれ」とねだってきた。そんなの昔から普通にあったし、特に意識もしていないんだろうなと思って普通にひと口あげていたけど……彼が私に恋をしているというなら、話はちょっと変わってくる。

私が差し出した紙パックから伸びるストローに口を付けている圭くん。無防備な彼に対して私は話しかけた。

「圭くん圭くん」

「ん?」

「間接チューだね」

「ぶふぉっ!!」

盛大に噎《む》せられた。

「圭くん……きたない……」

「ご、ごめん……いやお前だろ! 明花が変なこと言うからっ……!」

真っ赤になって怒る圭くんが可愛かった。可愛くて、嬉しくて、私は涙が出るほど笑った。圭くんは更に怒っていたけれど。

中学を卒業するまでは、恋はもうできないものと諦めていた。学校では男子からも避けられていたから、そもそも男の子と仲良くなる機会がなかったので。それがこんなに穏やかに、自然に、誰かを好きになっていけるとは。

しばらくはそんなフワフワとしたやり取りを楽しんだ。〝両想い〟を確信した私はまさに無敵。あの日、屋上で頭の中に流れ込んできた映像は、私に圭くんからの好意を信じさせ、安心感を与えた。お陰で私はちょっと大胆になって、二人で話す時に顔の距離を近付けてみたり、思わせぶりな態度を取ってみたりと……思えば随分《ずいぶん》調子に乗っていた。圭くんがいつもきっちりドギマギした態度を返してくれるからそれがまた嬉しくて、私は彼との恋人未満な関係にのめり込んでいった。

〝教師と生徒〟というシチュエーションもいけなかった。それはまさしく私の好きな少女漫画の世界。教師と生徒の禁断の恋はよくある王道設定だ。私は本当に馬鹿だったので、自分がそんな少女漫画のヒロインか何かにでもなった気になっていて、学校でも構わず圭くんにちょっかいを出していた。

〝屋上で会うのはもうやめよう〟

——彼から突然そう切り出された時も、私はよくわからないまま「わかった」と返事した。

よくよく考えてみれば、〝誰かに見られていて圭くんが注意されたのかもしれない〟と気付けただろう。私たちの家が隣同士で昔馴染みだということを周りの人は知らないだろうし、ただの一生徒と一教師が屋上でこっそり会っている……というのは、変な想像を掻き立ててしまったのではないかと。

（でも、いかがわしいことをしてたわけでもないし……）

浮かれていた私はあまり深く考えていなかった。なぜ屋上ではもう会わないのか、圭くんに尋ねることもしなかった。〝しなかった〟と言うよりは……圭くんの顔が困っているように見えたから、〝尋ねられなかった〟が正しい。

それでも、屋上での交流がなくなっただけで家に帰ると圭くんはいつも通りだったし、私のお母さんも圭くんのことは信頼しきっていたので、彼の部屋に遊びに行っても誰にも咎《とが》められなかった。

〝彼に好かれている〟という高揚《こうよう》感が何よりも強いまま、焦《じ》れったい関係を続けていた。

変われるチャンスはいくらでもあったと思う。実際、圭くんは何度か私に告白しようとしてくれていた。まだ昼食を一緒に摂っていた頃の屋上や、学校では言葉を交わさなくなってからの彼の部屋なんかで。二人きりの時、彼は何度か言おうとしてくれていたのだ。

〝明花。あのさ……〟

声のトーンが一気に真面目になるから、私は毎回〝告白される！〟とすぐに察した。察して——ある時は「どうしたの急に真面目な顔になってー！」と茶化し、またある時は告白された直後に「私も好きだよ？」と……それが恋愛の〝好き〟であるとはまったく思っていないような素振りで。

最初はただ焦らして甘酸っぱい空気を楽しんでいたはずが、私はどんどん真面目に受け取る方法がわからなくなっていって。

圭くんに告白される、私がそれをかわす、の繰り返し。

そのたび圭くんはもどかしそうに苦笑いし、私は〝好かれている〟という愉悦《ゆえつ》に浸《ひた》った。

そして彼の好意に気付かぬフリを続けているうちに季節は巡り——私が間もなく中学を卒業しようとしていた、三年の冬。

圭くんは学校の屋上から落ちて死んだ。

「はいっ。お水ですよー」

春のうららかな陽気の中、打ち水をする。墓石に付着した泥や砂埃《すなぼこり》を落とすために。

学校に向かう途中の駅で電車を下り、いつもは使わない線に乗り換え、乗り継ぎ、山の上にあるこの霊園までやってきた。辺りは一面、山、森。叫べば綺麗に木霊《こだま》するのではないかと思うほど広く澄んだ空間。死者が眠るのにはぴったりの、静かでのどかな場所だ。圭くんがのんきに欠伸《あくび》をしている様子を頭に思い浮かべる。

死因は不注意による転落死。その年の冬は特に冷え込みが激しく、彼が屋上から落ちた日は前日に降り積もった雪がまだ地面を覆《おお》うほど残っていた。屋上も、同様に雪が残っていたという。彼はそこで煙草《たばこ》を吸おうとして、足を滑らせ、バランスを崩しそのまま転落したのだと——圭くんのお母さんからはそう聞かされている。

暖かくなってきたせいか生え始めていた雑草をむしり、共用のゴミ捨て場に運んで捨てる。元々飾られていた花はもう枯れていたのでそれも処分し、取り外しのできる花立てを水洗いして、ここに来る途中で買った花を新たに活《い》けた。

そうして綺麗に整えたお墓の前。スカートの裾が地面につかないように気をつけてしゃがみ、お線香に火を点《つ》けようとして……私は自分のミスに気付いた。

「……あっ」

圭くんのお母さんからは「気が向いたらいつでも行ってやって」とお墓参りをする許可をもらっている。「墓の隅のバケツの下に隠してあるお線香とロウソクは自由に使っていいからね」とも。私はそう言われていたことを思い出し、お花だけを持ってやってきたけど……忘れていた。火種になるライターかマッチだけは、自分で用意しないといけないんだった。

「あー……」

近くにそれらが買える売店はない。ここは山の上の霊園。管理人さんに借りる……のは、あんまりよくない気がするな。忘れた人にいちいち貸し出ししてたらキリがなさそう。

どうしよう。ちゃんとお線香もあげたかったけど、火がなければ仕方がない。お線香なしで手を合わせるだけ合わせるか……。

「………中途半端だなぁ」

しゃがみ込んだままぽつりと零した言葉が自分に突き刺さった。

本当に中途半端だ。お墓参りの仕方も、圭くんと私の関係だって——私が、中途半端なまま止めてしまった。彼に告白されて、私がそれにきちんと応《こた》えていさえすれば、私たちの関係は何らかの形で一区切りついているはずだったのだ。それなのに。

「ほんとに……地獄行きだよね。どうして私まだ生きてるんだろう……」

圭くんの死を知って散々自分のことを責めたけれど、死ぬ勇気も思い切りもなかった。どれだけ後悔しようとも、我が身可愛さで結局今日までこうして生き延びて、お墓参りをするくらいのことしかできない。

そのお墓参りすらも、火を忘れてしまってまともにできずに。

「そんなに責めるもんじゃないよ」

ピクッ、と体を強張《こわば》らせた。しゃがみ込んだまま膝を抱えていた私は、ここにいるはずのない人の声にすぐに反応することができなかった。首を動かして振り返ることもできない。

そうこうしているうちに声の主《ぬし》はお墓の中に入ってきた。私の隣にしゃがむ。トレンチコートの裾が地面につく。汚れてしまう……と思ったけど、言葉が出てこない。

彼は自分のスーツのポケットを探りながら言った。

「ライター使う？　煙草用ので悪いけど、ロウソクに火を点ける分にはいいか」

「…………なんで星川さんがここにいるんですか？」

やっとのことで視線を上げて目にしたのは、ロウソクにライターを傾けて点火している星川さんの真面目な横顔。

尋ねたものの、彼がここにいる理由には思い当たっていた。単純に私の後ろを尾《つ》けてきたんだろう。本当に知りたいのは〝なんで尾けてきたか〟。

その理由すらも、想像がついていた。

「……私の失恋を、視たんですね？」

「うん」

私とは正反対の星川さんの能力。〝人が恋を失った瞬間が視える〟という能力を、私は密かに恐れていた。今まで誰にも、綾子にでさえ話していなかった圭くんのことが、その能力の前では明らかにされてしまうから。

ロウソクに火を点けた星川さんは静かに息を吐く。

「勝手に視て悪かった」

「……何が視えましたか？」

「いろいろ。最初は、相手の死を知った朝のことだった。登校したらなぜか学校にバリケードテープが張られてて、きみはそこで人伝《ひとづて》に相手の死を知った」

星川さんが視たらしい映像は正確だった。あの朝、私はいつも通りに登校したけど学校に入ることができず、校門の前にいた先生から〝自宅待機〟を告げられた。どうして急に？　と首を傾《かし》げて家に帰ろうとしていたところ——どこから聞きつけたのか、生徒が囁《ささや》く声が聞こえた。

〝神足先生が屋上から落ちたんだって〟

〝えっ！　屋上って……即死じゃない……？〟

耳で聞いた情報だけじゃとても信じられなかった。嘘に違いない。どうせ誰かがどこかで聞き間違えて情報が歪《ゆが》められただけだ。嘘に決まっている。

家に帰った私は自分の部屋で布団を被《かぶ》り丸くなっていた。隣の圭くんの家はその日一日中、ずっと不在だった。

――星川さんの話は続く。

「次に視えたのはこのお墓の景色だった。きみは……このお墓を前にした時に初めて、彼が死んだんだって認めて、失恋したんだよな」

「……そうですね」

彼の名前が刻まれたお墓を目にしたら、さすがに〝嘘だ〟とはもう自分を騙《だま》せなかった。薄々真実だと気付いていたことを目に見える形で突きつけられ、私は――――もう二度と、彼に「好き」だと伝えられない事実を受け止めきれずに。

「とりあえず線香あげようか。まだ手ぇ合わせてないんだろ」

こくっと頷く。星川さんが箱の中からお線香を一本取り出し、私に手渡してくれた。彼は「俺もあげていい？」と訊いて、私がもう一度頷くと彼もお線香をロウソクの火にかざし、灯《とも》った火をお線香を振って消した。香炉に二本のお線香が立つ。細い煙がゆらゆら立ち昇り、空に消えていく。

私と星川さんは黙って手を合わせた。

しばらくして目を開け、合わせていた手を解く。星川さんは何も言わずに息を吐き出し、しゃがんだままお墓を見上げていた。私に余韻《よいん》に浸《ひた》る間を与えてくれているみたいだった。

私も同じように目の前のお墓を見上げ、考える。星川さんは一体どこまで知っているんだろう？　私たちの視える能力はそれぞれ〝恋に落ちた瞬間〟〝失恋した瞬間〟の映像が頭に流れるだけで、当事者の気持ちを覗くことまではできない。〝自分なんて地獄に落ちればいい〟と思うほどの後悔も、星川さんは知らないはずだ。

彼は私に見つめられているのに気付いた。探るような視線に困りつつも目をそらさず、不器用に笑う星川さん。――圭くんの笑い方にそっくり。出会ってから〝星川さんは星川さんだな〟と思うようなことばっかりだったから、忘れそうになっていたけど。そうだ。最初はそうだった。

「……似てたんです」

「え？」

「死んだ彼……私は〝圭くん〟って呼んでたんですけど。星川さんは圭くんに似てた。そっくりなんです。たぶん、だから私あの日……駅のホームで、星川さんに声をかけたのかも」

「……ああ」

後悔して後悔して後悔して、それでも死ねないからなんとなく高校生になってしまって、相変わらず同級生とは距離を置いた生活を送っていた。あの日も誰と言葉を交わすこともなく放課後になったら学校を出て、予定もないから普段は降りない駅で降り、見知らぬ誰かの恋を覗いて過ごそうかと思っていた。

そしたら見つけた。駅のホームのベンチで、とんでもなく優しい顔でスマホを見つめ、大事に文字を打っている男の人。圭くんにそっくりで、頑張ってて服とか靴とかヨレヨレになってる人。

似ているだけで別人だということはわかっていた。でも罪滅ぼしじゃないけど、圭くんに似ているこの人には絶対に不幸になってほしくないと思った。少なくとも私たちみたいに、自分の気持ちを伝えないまま恋が終わるような不幸だけは、絶対に。

何か私のこの能力で、彼を幸せにする術《すべ》はないかと。

「久住さんは〝なんだ。恋してないのね〟ってがっかりしてたよな」

「……がっかりしてましたね」

「俺は〝なんて失礼な女子高生なんだろう〟と思ってたよ」

去年の夏のことを思い出しながら、星川さんは呆《あき》れている。確かにあの日の私は失礼だった。でも〝何かしてあげたい！〟と思った矢先、そもそも星川さんが誰にも恋していないことがわかって拍子抜《ひょうしぬ》けだったのだ。〝あれ？　どうしようもないぞ？〟と。

その次に再会を果たした時には星川さんは女上司さんを好きになっていて、そこでも私にできるのは〝好きな相手に気持ちを伝えられるように焚《た》き付ける〟くらいのことだったけど。

「きみの〝告白至上主義〟も、亡くなった彼のことが関係してるんだよな、たぶん……」

星川さんは鋭い。

「ずっと不思議だったんだ。久住さんは過剰なほど〝告白〟にこだわっていたし、前に俺に言ったよな。〝伝えなかった気持ちはなかったことと同じだ〟って」

「……言った、かもしれません」

曖昧《あいまい》に濁したけどちゃんと記憶にあった。女上司さんを諦《あきら》めようとしていた星川さんに向かって、私は確かにそう言った。ダブらせてしまったのだ。気持ちを内に秘めている星川さんと、気持ちを内に秘めたまま死んでしまった圭くんを。そして何より、好きだったくせに一度もちゃんと伝えようとしなかった自分と、重ねてしまった。

伝えなかった気持ちはなかったことと同じだ。

私は圭くんに好きだと伝えなかった。そして圭くんは、私が圭くんを好きだということを知らないままこの世からいなくなってしまった。圭くんにとってはなかったことと同じだ。私しか知らない私の気持ちになんて、何の価値もない。

「訊いてもいいか?」

「何をですか?」

「きみが〝告白〟に縛られてる理由を。その〝圭くん〟と何があったのか」

「………………めっっっっちゃくちゃ長い話になりますけど」

「いいよ。きみを駅で見かけて付いていくことにした時に会社にはもう〝休む〟って連絡した」

「ズル休みじゃないですか」

「お前が言うな嘘つき女め。それに、普段真面目な奴のたまにするズルは許されるんだよ」

たしかに星川さん、仕事大好きだし普段休んだりしなさそう……。そんな彼がズル休みしてまでここにやってきたんだから、昔話くらい披露《ひろう》すべき？　聞いても面白くともなんともないと思うけど。

「途中で余計な口出ししないから。地蔵にでも話すと思って言ってみ」

「じゃあ……地蔵がご所望《しょもう》なら」

そうして私は、つらつらと語り始めた。

「圭くんは私が九歳の頃、隣の家に引っ越してきて――」


幼い頃の出会いから、中学三年の冬に彼が死んでしまうまでの話をした。私が能力を得るきっかけになった神社のことや、ハブられるきっかけになった小学校での事件については省略したのに、それでも結構な時間、私は一人でしゃべり続けた。

屋上で圭くんの恋を覗いてしまったこと。両想いだと知った私は気付かないフリをして、圭くんの気持ちを長い間弄《もてあそ》んでいたこと。そしてそのまま、私がきちんと気持ちを受け取ることもしないままに彼は死んでしまったことも。全部話した。

どんな風に話したとしても私がしたことは最低だと思う。途中で叱《しか》られたり呆れられたりしても仕方がないと思っていたけど、そうはならなかった。星川さんは最初に宣言した通り、一切口を挟むことなく、たまに「うん」と相槌《あいづち》を打つだけで私の話を聞いていた。

そして私の話は、圭くんが死んだ後のことに突入する。

「圭くんのお母さんから改めて彼が事故死だったことを聞かされて。それで、このお墓に連れてきてもらいました。〝行かなきゃってプレッシャーに思うことはないけど、気が向いたらいつでも行ってやってほしい〟……って」

圭くんのお母さんの目を、私はまともに見ることができなかった。口を開けば「ごめんなさい」と謝りそうになったけど、謝ったところで「どうして?」と訊かれるのが怖くて、結局謝ることもできなかった。

彼女から受け取ったものの存在も相まって、余計に。

「それで、その時にお母さんから日記を受け取ったんです」

「……日記」

そこまでただ「うん」としか相槌を打たなかった星川さんが、その言葉には反応してつぶやいていた。どうして彼がその単語にだけ反応したのか不思議だったけど、それ以上何か言われるわけでもなかったので、私は話を続けた。

「日記というか、手帳ですね。普通の。圭くんは縦長の手帳を愛用してて。見開きの月間ブロックと、一ページに七日分の横書きスペースがある週間レフトの両方が一冊に収まっているタイプだったんですけど……」

話しながら実物のディティールを思い出す。カバーは革製で、毎年中身を入れ替えて使っていたから外側はだいぶくたびれていた。週間レフトのページがある分、普通の手帳より少し分厚い。

「マメな人だったので、週間レフトの欄《らん》に一言、二言だけその日に感じたことを記録していたみたいです。欄も狭いので三行日記みたいな感じで。同僚の先生に怒られた日は反省点とか、生徒から言われて嬉しかったこととか………たまに、私のことなんかも」

「……うん」

話しながら、〝もう少し手前で話を終えておけばよかった〟と思った。圭くんが死んだところまでで充分だったのではないか。ここから先は自分でもあまり思い出さないようにしていた部分。うまく話しきれるか、ちょっと自信がない。

「圭くんは………私が思っていた以上に、悩んでいました」

目にした筆致《ひっち》を思い出し、それだけで息が苦しくなる。胸を掻きむしりたいほどのやるせなさに襲われる。
二、三行書くのが限界の小さなスペースの中で、短い言葉で淡々と語られていた。明るくのんびりとした普段の圭くんからは想像のつかない感情の数々。私を好きになったことへの罪悪感。自責の念。同僚や保護者からの視線に対する畏怖《いふ》。
〝なんでこんな歳の離れた子相手に……〟

〝教師なんだから、ちゃんとしないと〟

〝人に見つかって咎められたら、なんて説明すればいい？〟

「日記を見たら彼、めちゃくちゃ葛藤《かっとう》してるんですよ。恋の明るい面ばっかり見て私……浮かれてました。圭くんが真剣に私との関係で悩んで苦しんでるなんて知りもしなかった」

あの時の私に見せてやりたいと思った。圭くんと両想いだと知ってただ舞い上がっていた私に。〝教師と生徒〟という関係を〝少女漫画みたいなシチュエーション！〟としか捉《とら》えていなかった呆れるほど馬鹿な私に。あの日記を突きつけて「ちゃんとよく見ろ!!」と怒鳴りつけてやりたい。あの頃、圭くんはどんな顔をしていた？

〝屋上で会うのはもうやめよう〟

どうして、そう言われた意味をよく考えなかったんだろう。彼が感じていた後ろめたさや心苦しさを、分かち合えるとしたら私一人だけだった。

「日記を読めば、圭くんが告白しようとした時にどれだけ勇気を振り絞ってくれていたか、わかったのに……私…………」

「…………うん」

星川さんの相槌に合わせて〝じわっ〟と目に涙の膜が張る。気付けば膝を抱えていたはずの手はスカートの裾を強く、痛いほど強く握っていた。

泣かないように我慢しながら、震える声で。自らの罪を告白する。

「〝まだ気付かないフリをしてるほうが楽しい〟なんて……最低なことしたっ……」

——もうおわかりの通り。地獄に落ちたらいいのは私。

圭くんからの好意に気付かないフリをして楽しんでいた最低な久住明花なんて、地獄に落ちればいい。

そんな後悔は誰にも話せずに。

すべてを告白すると心臓がバクバクになって痛かった。星川さんの他、ここでは圭くんも私の懺悔《ざんげ》を聞いているかもしれない。そう思うと申し訳なくて、死にたくなって、消えてしまいたい心細さに襲われる。「ごめんなさい！」と大きく叫んで、それを合図に塵《ちり》となって消えられたらどんなにいいか。残念ながら人間はそう簡単には消えられない。

私が罪の意識に苛《さいな》まれていると、隣の星川さんがぽつりと一つ、質問をしてきた。

「……その彼のことが好きだった？」

自分に向けられた質問を頭の中で咀嚼《そしゃく》する。

顔や雰囲気が似ている星川さんに伝えたところで、圭くんに伝えたことにはならない。

圭くんには一生伝えられない。

わかっているけど、純粋に、訊かれたことに対して答えるならば。

「………すごく好きだったっ……」

それ以外の答えはない。

言葉にしてみて思った。私は、私が思っていた以上に……。

「……一緒にいてくれるところが、好きだった。優しいところが好きだった」

「うん」

「賢いのにちょっと馬鹿なところが好きだった。すぐに照れるところも。ホットケーキを焼くのが上手なところも。英語の発音の良さがちょっとムカつくところもっ……」

「あとは？」

星川さんの問いかけが誘い水となった。どこにもやりようのなかった気持ちが、口から零《こぼ》れ、溢れ、洪水のように止まらなくなってしまう。

「目が好き。鼻が好き。低いのか高いのか微妙な声も、好き。名前を呼んでもらうのが好きだった。学校だとちゃんとしてるのに家ではものすごくだらしなくなるところも。晩御飯食べながら寝そうになる子どもみたいなところもっ……大好きだったっ……」

いくつもいくつも〝好き〟を吐き出し、早口言葉のごとく唱えると息が上がった。そうして私が言葉に詰まり、〝もう何も浮かばない〟という状態になるまで「他には？」と催促を繰り返した星川さんは、最後にこんな言葉でまとめた。

「……だってよ、圭くん。めちゃくちゃ愛されてんなー」

圭くんに告げ口するみたいに。「妬《や》けるわ」なんて茶々も入れつつ。

そして今度は私のほうを見て。

「よくそれだけ自分の中に抱え込んでこられたな。しかも、そんなに何個もすらすら出てくるくらい……」

「……自分でもどん引きです」

「それだけたくさんの気持ちを抱えてたのに久住さんは、彼が死んだ時点で一つも伝えられなくなったんだ。〝そりゃ過剰にもなるわな〟ってちょっと納得した。きみの中じゃ、告白できなかったことはトラウマみたいになってるんだな……」

たぶん、そうなんだろう。自覚はある。

ただ傲慢《ごうまん》に〝好意を寄せられる悦《よろこ》び〟に浸《ひた》っていたのだから自業自得《じごうじとく》だ。私が圭くんに気持ちを伝える機会を失ったのは私のせい。それを他人の恋愛にまで首を突っ込んで「告白しろ！」と迫るのはお門違《かどちが》いもいいところ。――わかっている。

それでも、知ってしまったからには。ある日突然好きな人がこの世からいなくなってしまう呆気《あつけ》なさと苦しみを知ってしまったからには、他の人には絶対味わってほしくない。身近な人ならなおのこと。

「………圭くんも呆れてます、きっと」

自業自得でジタバタしている私を見て、呆れているに違いない。

(――呆れているだけなら、まだいいけど)

本当のところはどうだろう。圭くんが葛藤して苦しんでいる時には能天気に浮かれ、いざ告白されそうな時には気付かないフリを貫《つらぬ》き通した。圭くんはどう思っていたか。

「どうしてわかる？」

「……え」

一瞬、星川さんの言葉の意味がわからなかった。考え事していたせいで、とっさに意図がつかめない。

私が困った顔をしていると、星川さんは言い直してくれた。

「その圭くんが〝呆れてる〟だなんて、久住さんにどうしてわかるんだ」

「えっと……それは……」

適当に口にしたことを突き詰められて困った。星川さん、なんでそんなこと訊くの？

私はしどろもどろになりつつ答えようとする。

「だって……えっと、ほら……〝好きなのに言えなかった〟なんて、子どもじみてて……誰だって呆れ……」

〝本当はそれで済まないかもしれない〟と思っていたから、私は言葉に詰まってしまった。

圭くんはたぶん、私の気持ちを知らなかった。そりゃそうだ。言ってなかったんだから。

この世からいなくなってしまう前、圭くんは何を考えていた？

「久住さんにはわからないよな」

途中で言葉を止めてしまった私に星川さんはそう言った。どこかチクリと刺すような言い方。胸がザワザワしたまま私は、気になって隣を見る。

星川さんはこっちを見ていた。直観的に私は〝やばい〟と思った。

彼の口が告げる。

「わかるわけがないんだ。日記を最後まで読んでないのに」

――一瞬、呼吸が止まった。目を見開き、言葉が出てこなかった。

なぜ星川さんがそれを知っているのか。

「……ごめん。それも視えた」

〝そういうことか〟と腑に落ちる。誰にも話していないようなことでも、彼の力を以《もっ》てすれば視えてしまう。私が語っていないもう一つのズルについて。

(…………ああ)

星川さんが明らかにしていく。

「きみは少しずつ失恋していったんだよな。最初は、登校した時に人伝に圭くんの死を聞いて。次に、彼のお墓を前にした時に死が現実だと突きつけられて。……それから」

視線を合わせたまま。自らの罪を言い渡される被告人のような気持ちで、私は黙ってそれを聞いていた。星川さんはなぜか自分まで傷つくように眉を歪《ゆが》めて。

「それからきみは、彼の日記を——最後まで読むことができずに、このお墓の裏に埋めたんだ」

「…………すごい。星川さん、探偵みたい」

苦笑してやっとのこと開いた私の口からは、おどけた称賛の言葉しか出てこなかった。

星川さんが今言ったことが、真実だ。

「ほんと、なんでも視えてしまうんですねぇ……」

「〝なんでも〟は視えない。失恋に関《かか》わることだけだよ」

「……そっか。あの瞬間にも私は失恋してたのか」

彼の死後、圭くんのお母さんから「受け取ってちょうだい」と言って渡された手帳を、途中までは私も読んだ。男の人にしては丁寧《ていねい》な、強くて綺麗な筆致で書かれた毎日の三行日記。

私を好きになったことへの罪悪感。自責の念。同僚や保護者からの視線に対する畏怖。

——思い出すと息ができなくなる。彼の命日のページに近付くにつれ、内容は更に重苦しく深刻になっていって。

〝俺は異常なんだろうか〟

〝教師をしていていいんだろうか〟

〝みんなから「気持ち悪い」と視線で蔑《さげす》まれているような気がする〟

一文一文に心を深く抉《えぐ》られた。彼の心はボロボロになっていた。

その日記から読み取れる圭くんはもう、私の知っている圭くんではない気がして——日記の中の彼と一緒に、自分まで堕《お》ちていってしまう気がして。怖くなった私は手帳を閉じた。

閉じて、もう二度と開くことができなくなってしまった。

「星川さんの視た通りです。私はその日記をここに埋めました」

手元に置いていると、いつかうっかり開いた私が取り返しのつかない傷を心に負う気がした。これも我が身可愛さだ。私はいつだって自分が一番可愛くて、自分が傷つかないようにするだけでいっぱいいっぱいになる。本当に地獄に落ちればいい。

手元には置いておけなかったけれど、日記は圭くんの大事な遺品の一つ。まさか処分するわけにもいかず、迷った末に、私はここに埋めることにした。圭くんの家のお墓の裏は林になっている。誰にも迷惑がかからないし、掘り起こされることもない。

星川さんは正面に向き直って遠くを見ていた。しばらく黙り込んでいたかと思うと立ち上がり、回れ右をしてお墓の柵の外に出ていく。

「……え？　帰るんですか？」

それなら何か声をかけていってくれたって……と私が思っていると、違った。星川さんは一度圭くんの家のお墓から外に出ると、柵に沿ってぐるっと回り、私が手帳を埋めた林のほうへ行ってしまう。

「あ！　えっ……ちょっと！」

私も慌てて立ち上がりダッシュで彼の後を追った。林に足を踏み入れた星川さんはある場所でしゃがみ込み、土の感じを確かめている。私の失恋を視た時に場所まではっきり特定できたらしい。

追いついた私は星川さんの腕を引っ張ってやめさせようとした。しかし、私が彼の腕に手をかけるより先に星川さんはこちらを振り返った。

「掘り返そう、久住さん。最後まで読んでみよう」

その目は真剣な話をする時の圭くんにそっくりで、私は混乱したし、泣きそうになった。どうしてこんなことに？　日記を最後まで読めていないことは永遠に私だけの秘密になるはずだったのに。

私は立ったまま全力で首を横に振る。

「だめ……ごめんなさい、星川さん。できません」

「どうして？」

「最後まで読めなかったんです。頑張ったけどっ……」

簡単に投げ出したわけじゃない。〝最後まで読まなきゃいけない〟と、〝そうするべきだ〟と私だって思っていた。でもできなかったのだ。〝これ以上読み進めたら自分の心が重みに耐えきれない〟と、本能的に予感していたから。

「圭くんは、頭の中でこんなに抱え込んでたんだって……彼の葛藤がしんどすぎて、耐えられなかった。覗いちゃいけない気持ちは、やっぱりあるんだと思います」

きっと誰にだってあるに違いない。普段は決して見せない裏の顔。自分の内側でこっそり飼っている仄暗《ほのぐら》い感情。他人にはとても話せないような悩みは誰しもが持っていて、それに苦しみ喘《あえ》ぐ姿なんて誰にも見られたくないに決まっている。

だから神様は人間をそういう風に作ったんだ。心は外側から勝手に覗けないように。きっと、そうだ。それなのに日記を読むなんてルール違反もいいところ。

(……そういうことにして、〝読まない〟ことを正当化したんだ)

星川さんは勝手に掘り始めることなく、情けない私を静かな目で見ている。

でもそれは掘り起こすことを諦めたわけではなくて、頭の中ではどんな言葉で私を説得しようかと必死で考えている。なんとなくわかる。星川さんはそういう人だ。

「……告白をちゃんと聞かなかった自分を責める気持ちがあるなら、彼が何を考えていたのか久住さんは知るべきだ」

ほら。

正しいことを言う人の目線はぶれない。星川さんは真っ直ぐに繰り返す。

「知ろうとするべきだよ」

「おいで、久住さん」

優しい声で呼び寄せられた。不思議な引力を感じる声だった。

私は変わらず困りきっていたし、日記の続きは絶対に見たくないと思っていたけど、どういうわけか両足は動いた。ゆっくりと歩みを進め、星川さんの隣でしゃがむ。

中学三年の冬に私が掘り返して手帳を埋めた箇所は、周りの土と同化していて区別がつかなくなっていた。私しか知らないはずのその箇所を星川さんは的確に探り当て、手をお椀のようにして素手で掘り返し始める。

私は両手を自分の膝の上に載せたまま、ザワつく気持ちを抑えきれずにぽつりと零した。

「……埋めるときはスコップを使ったんです。今日は持ってきてないですよ」

「いいよ別に。そこで見てろ」

黙々と土を掘る星川さん。見る見るうちに彼の手はどろどろに汚れていき、着実に掘り進めていく。そこまで深く掘らなかったから、もうそろそろ――と私が息を呑んで見守っていたちょうどその時。泥の入り込んでしまった星川さんの爪《つめ》が〝カツン〟と何かに当たった。

星川さんが指の腹でサラサラと砂粒を払う。薄紫色の缶ケースの表面が見えた。

「……これがそう？」

私は答えない。星川さんはそれを肯定とみなし、それを取り出せるくらいまでどんどん周りの土をどけていく。埋めた当人である私は知っている。手帳を保護するため、私が選んだのは自分の家にあったお菓子のケース。お父さんが取引先の人から貰ってきたお菓子の箱はしっかり閉まって頑丈で、手帳を守ってくれそうだった。

星川さんの手がケースの角を摑む。〝ぐっ〟と力を込め、少し強引に引っ張り上げると見覚えのある缶ケースが姿を現した。記憶の中にあるものより色が褪《あ》せ、所々塗装が剝《は》げているが、しっかりと原型を留《とど》めている。星川さんが地中から取り出し、私たちの目の高さまで掲《かか》げると、上に乗っていた土がパラパラと落ちていった。

彼はそれを掘り起こした穴の隣に置き、蓋《ふた》を開けようと手をかける。

「っ……星川さん！」

そこでたまらず声をあげた。自分で埋めたはずのものを目の前にして、あの頃に感じていた恐れが噴き出してきた。〝続きは読まないほうがいい〟と心がうるさいほど警鐘《けいしょう》を鳴らす。

星川さんは缶ケースの蓋に手をかけたまま私を見る。

「不安だったんだろ。続きにはもっと酷《ひど》い言葉が書かれてるんじゃないかって」

「星川さん、やだっ……」

「ここで確認しなきゃこの先もずっと不安なままだ。忘れたフリしても無駄だよ。今だってこんなに縛られてるのに、時間なんかが解決してくれるわけがない」

すべてを見透かした星川さんの言葉が一言ごとに胸を貫いていく。地中に埋めて、自分の記憶が薄れるのを待っていたこと。それは無理で、ずっとこの先も忘れるはずがないと自分でもわかっていたこと。

星川さんの手が缶ケースの蓋を開けた。

中には、ほとんど埋めた当時のままの手帳が入っている。

そのものを目にして私の心臓はドクンと大きく跳ねた。

「……もしもっ」

絞られた喉《のど》から出てくる蚊の鳴くような声。私の声だ。

「もしも圭くんがっ……」

ずっと考えていた。〝雪で足を滑らせて屋上から落ちる〟なんてことがあるだろうか。圭くんは煙草を吸おうとしていたという話だけど、私の知る限り彼は煙草を吸わない。普段から吸わない人が、たまたまその日の気まぐれで煙草を吸って、足を滑らせるなんて――そんな作り話みたいな話。

「もしも圭くんが………自殺、だったら……？」

それをずっと恐れていた。

彼の死因や当時の状況はすべて圭くんのお母さんから聞かされた話だ。それなら、本当は〝自殺〟で、公《おおやけ》には憶測を呼ばないよう〝事故〟とした可能性も、なくはない。その上で圭くんのお母さんが彼の手帳を私に託したのは……公にしなかった理由がその手帳の中にあって、それが私に関係するものだからではないか、と。

怖くなった私は、真相を自分から遠ざけるために手帳を埋めた。

その手帳を星川さんは手に取り、私に渡そうとしてくる。突きつけられる真実。

「大事なことから逃げるなよ、久住さん。たまには逃げてもいいけど、ずっと逃げてたら逃げ癖がつくぞ」

「……でも」

「どうして圭くんのお母さんがきみに手帳を渡したのか……その理由だって、最後まで読まないことにはわからないだろう。きみはまだ何も知らない。真実はそんなに酷いものじゃないかもしれないのに」

私は突き出された手帳を受け取らず、手を自分の膝小僧に載せたまま、まじまじと星川さんを見る。

「そんなこと言って。もし本当に自殺だったら……」

「その時は背負って生きていくんだ」

星川さんの回答はシンプルだった。そして正しい。

（…………背負って）

——そうだ。それが正しい。そうしなければいけなかった。

もしも圭くんが自殺で、彼のお母さんがその事実を私に伝えようとしていたなら、なおさら私はそれを受け止めなければいけなかった。

星川さんの力強い目と見つめ合う。圭くんに似ている。だけど圭くんではない。私と似たような能力を持った彼と出会い、ここでこうして決断を迫られることは、ずっと前から決まっていたことなのかもしれない。

「……わかりました。背負います」

星川さんの手から手帳を受け取った。

ずっしりと重いそれを、私は約二年ぶりに開く。

＝＝＝＝＝＝＝＝＝＝＝＝＝＝＝＝＝＝＝＝＝＝＝＝＝＝

「生徒にゴマすりしてないで仕事してくださいね」って同僚の先生にイビられた。

これは指導なのか？　いやイビリだ！　ゴマすりとかしてないし！

屋上でヘコんでいたら「圭くんは頑張ってるよ」と励まされた。ＨＰが全回復した。

＝＝＝＝＝＝＝＝＝＝＝＝＝＝＝＝＝＝＝＝＝＝＝＝＝＝

今日もまた同僚の先生に「人気稼《かせ》ぎご苦労様です」とイビられた。

「さては先生、僻《ひが》みですね？」と言ってやった……という妄想《もうそう》をして心の健康を守った。

屋上が駆け込み寺状態だ。今日も励ましてもらった。助かるが、このままでいいものか？


懐かしい筆跡。ここはまだ過去に読んだページだった。私が中学三年生の春。彼にとったら赴任三年目の春だ。

誰に見せるつもりもなかっただろうに、この頃の彼の日記はとてもコミカル。


今日は最高に晴れていて、屋上での日向《ひなた》ぼっこが気持ちよすぎた。

寝不足が続いていたせいもあって屋上で少し居眠りをしてしまっていたらしい。

誰かに頭を撫でられるような心地いい夢を見た。もう一度見られないかなぁあの夢……。

＝＝＝＝＝＝＝＝＝＝＝＝＝＝＝＝＝＝＝＝＝＝＝＝＝＝＝＝＝＝＝＝＝＝

飲み物をひと口もらっただけなのに「間接チュー」とからかわれた。死にたい。

今まであんまり年齢差を意識してなかったけど、かなり離れてるんだよな……。

良い大人があたふたしてちゃダメだろ。教師なんだし、しっかりしないと。

＝＝＝＝＝＝＝＝＝＝＝＝＝＝＝＝＝＝＝＝＝＝＝＝＝＝＝＝＝＝＝＝＝＝

最近彼女との距離が近くてハラハラする。前からこんなだったっけ……？

屋上だけならまだしも、それ以外でも近いから最近周りに疑われてる気がする。

やましいことはないが、屋上で二人でいるところをもし人に見つかって咎められたら、なんて説明すればいい？

＝＝＝＝＝＝＝＝＝＝＝＝＝＝＝＝＝＝＝＝＝＝＝＝＝＝＝＝＝＝＝＝＝＝

手帳を落としたりして誰かに見られた場合を想定してのことなのか、彼の日記に私の名前は出てこない。だけど明らかに私とのことについて書かれている。

私が圭くんの恋を覗いて浮かれていた頃、彼は私たちの関係に不安を持ち始めていた。

——このあたりから少しずつ日記のテンションが低くなっていったような気がする。

＝＝＝＝＝＝＝＝＝＝＝＝＝＝＝＝＝＝＝＝＝＝＝＝＝＝＝＝＝＝

学年主任の大原《おおはら》先生から屋上でのことを注意された。「他の生徒たちに誤解されるようなことは困ります」って、そりゃそうか。〝幼馴染み〟なんて学校の中じゃ関係ないもんな。彼女になんて説明しよう。切り出すの、気が重い……。

＝＝＝＝＝＝＝＝＝＝＝＝＝＝＝＝＝＝＝＝＝＝＝＝＝＝＝＝＝＝

屋上で会うのをやめたのに、今度は実家の近くで話しているところを生徒に見られたらしい。大原先生からまた注意されてしまった。迂闊《うかつ》だった俺が悪い。だけど……俺は異常なんだろうか。「まさか異性として見てませんよね？」と大原先生は言った。教師なんだから振る舞いには気を付けるべきだと思う。でも、十歳も離れた子を好きになるのは変なことか？

＝＝＝＝＝＝＝＝＝＝＝＝＝＝＝＝＝＝＝＝＝＝＝＝＝＝＝＝＝＝

最近やたらと強制わいせつ事件のニュースが目につく。世間の反応を見ると、事件そのもの以外に〝歳の離れた女の子に好意を持つ男自体ムリ〟という意見もあった。好きでいることがもう既にダメなのか？　なんだか……俺は教師をしていていいんだろうか。

試験と補講と部活で休みがない。体は疲れているのに眠れないことが増えた。最近ダメだ。彼女と普通に話すだけで後ろめたい気持ちになってしまう。誰に何を言われるわけでもないのに、みんなから「気持ち悪い」と視線で蔑まれているような気がする。

この罪悪感はいつなくなるんだろう。彼女が大人になったら？　大人って、いつになったら大人と呼べるんだろう。二十歳？　そもそも、俺自身は大人といえるのか？

こんなにグチャグチャと個人的なことに悩んで、教師のくせに。

今日も大原先生から釘を刺された。俺はどうしたらいい。

会いたいけど会いたくない。けど声は聴きたい。

もうだめかもしれない。

彼女の顔が見れない。

＝＝＝＝＝＝＝＝＝＝＝＝＝＝＝＝＝＝＝＝＝＝＝＝＝＝＝＝＝＝＝＝＝

疲れた。

＝＝＝＝＝＝＝＝＝＝＝＝＝＝＝＝＝＝＝＝＝＝＝＝＝＝＝＝＝＝＝＝＝

段々フレーズが短くなり、書かれている言葉も熱量を失っていった。ネガティブな言葉の一行一行が、鳩尾《みぞおち》のあたりに深く食い込んで抉ってくるような感覚。

――今のが夏から秋にかけての日記だ。圭くんが死んだのは冬。彼の死後、中学三年生だった私はここから彼の死の間際《まぎわ》までの日記の内容を想像し――先を読む手が動かなくなってしまった。〝この先はやばい〟〝知りたくない〟と防衛本能を働かせ、地面に埋めた。

今は隣で星川さんがこの日記を一緒に読んでいる。

「……どうした。次、捲《めく》ってみよう」

「……う……え」

〝そうですね〟と言うつもりが声にならなかった。動悸《どうき》が激しい。

この先もっと日記の中の圭くんは病《や》んでいるのかもしれない。でも、どうしてあげることもできない。もう彼は死んでしまっているから。

私への恨み言が書かれていたっておかしくない。

でも、謝ることだってもうできないのだ。

死んでしまった彼に今の私がしてあげられることなんて、もう何も……。

「大丈夫だから」

星川さんは言う。

「何が書かれていても大丈夫。きみは乗り越えてこの先を生きていける」

私はそれを信じ、頷く。次のページを捲る。


次のページは空白だった。

もう一ページ捲る。そのページもまた空白。

更にもう一ページ捲って、やっと文字が現れた。


＝＝＝＝＝＝＝＝＝＝＝＝＝＝＝＝＝＝＝＝＝＝＝＝＝＝＝＝＝＝

期末テストが終わった。中間テストから文化祭、女子ハンドと男テニの秋季大会と息つく暇《ひま》なくきたが……いやぁ……怒濤《どとう》の日々だった。手帳を見返すとここ数週間の自分が鬱《うつ》すぎて驚いた。忙しいときにあれこれ考え込むもんじゃないな。反省した。

＝＝＝＝＝＝＝＝＝＝＝＝＝＝＝＝＝＝＝＝＝＝＝＝＝＝＝

ちょっと冷静になってきたかもしれない。中途半端な関係のままだから後ろめたくなるんだよな。彼女に告白しよう。振られたらそれまでだし、もしもうまくいったら、彼女が高校を卒業したら付き合ってほしいと言ってみよう。うん……そうだ。それだけのことだった。

＝＝＝＝＝＝＝＝＝＝＝＝＝＝＝＝＝＝＝＝＝＝＝＝＝＝＝

彼女に告白すると決めて一週間。予想外のことが起きた。何度となく「好きだ」と伝えようと試みたがまったく真面目に聞いてもらえない。彼女は完全に面白がっている。俺の気持ちを知っている。「こいつ絶対わかってるだろ……」と頭をどつきたいのを今日も我慢した。

＝＝＝＝＝＝＝＝＝＝＝＝＝＝＝＝＝＝＝＝＝＝＝＝＝＝＝

告白できないままもうすぐ終業式がきてしまう。成績処理や忘年会の準備などまた忙しさが戻ってきた。ちょっと忙しくなると煙草の本数が増える。いい加減やめないと……。でも大学からの習慣をすっぱりやめるのはなかなか……。彼女は煙草嫌いだし、バレてないうちにやめなきゃなぁ……

＝＝＝＝＝＝＝＝＝＝＝＝＝＝＝＝＝＝＝＝＝＝＝＝＝＝＝

そこまで読んで視線を上げた。星川さんの顔を見た。彼は〝ほらな〟という顔を私に向けてくる。

私が恐れていたほど圭くんは病んでなどいなかった。忙殺《ぼうさつ》されていた日々を抜けたらケロッとして、それで、私に告白しようとしてくれていたんだ。私はそれに気付かないフリをしていたけど。圭くんは私が気付かないフリをしていることも知っていた。

そして驚いたのは、圭くんは元々煙草を吸っていたらしいけど、それを私にはずっと隠していたということ。知らなかった。あんなに近くにいたのに、本当に私は、何もわかっていなかったんだ。

「………でも」

煙草を吸う習慣が元からあったとして。それで圭くんの死が事故だったかはまだわからない。煙草を吸うためにふらっと上った屋上でうっかり死にたくなった可能性もある。なぜなら、この日記の後も私は彼の好意に気付かないフリを続け、圭くんを追い詰めていた。

星川さんは私は言わんとすることを悟ったのか、「それを確かめるんだよ」と言った。

圭くんが死ぬその日まで、残るページはあと僅《わず》か。私は深呼吸して、ページを捲る。

今日はついに彼女に「好きなんだ」と言えた。ただ、彼女からは白々しくケロッとした顔で「私も好きだよ?」と返された。違う、そういう意味じゃない。Likeのほうじゃない。絶対に両想いだと思うのになぜ? 俺ももっと食い下がって「恋愛的な意味で」と言えばよかったとも思うが……。毎回肩透かしを食らうこっちの身にもなってほしい。

結局まともに告白できないまま年が明けてしまった。そして今日もまた決死の告白はかわされてしまった。俺は何をしているんだろうか。良いように転がされて、弄《もてあそ》ばれている感じが否《いな》めない。十歳も下の女の子相手に? もう勘弁してくれ……。

たまに思う。普通に同世代の子を好きになっていればどれだけ楽だっただろう。自分は変態なんだろうかと悩むこともなかったし、今ほど周りの目を気にすることもなかった。それに、こんなに滑稽《こっけい》に振り回されることもなかったのに……。

（……やっぱり）

圭くんはうんざりしていた。私が告白をかわしまくったせいで疲れ果てていた。〝普通に同世代の子を好きになっていれば〟という言葉がグッサリと私の胸に刺さる。

やっぱりそうだったのかな。圭くんは私なんかを好きになるより、もっと大人の女の人とちゃんとした恋愛をしていたほうが、幸せになれたのかな。

答え合わせをするようにページを捲る。日付はもう圭くんの死の前日。これが最後だ。

最後のページは一日分の欄をはみ出し、長文だった。

＝＝＝＝＝＝＝＝＝＝＝＝＝＝＝＝＝＝＝＝＝＝＝＝＝＝＝＝＝＝＝

これで何回目だろう。また今日も告白を濁されてしまった。いつになれば真面目に取り合ってもらえるのか……いや、違うか。いつになれば、俺は諦めず食い下がって伝えられるんだ。

彼女に応《こた》えてもらおうと必死な俺は格好悪い。自覚はある。恋愛は人をダメにすると思う。まともな判断を失わせるし、〝これは自分じゃない！〟と言いたいくらい格好悪くなるし、ほんとに恋なんてロクなもんじゃない。

……と散々思った後で、結局いつも同じ結論にいきつくんだ。

あの日明花に向かって夢を宣言しなければ、自分は教師にはなれていなかったんじゃないかって。明花を好きになっていなかったら、今ほど誰かを〝大事だ〟とか、〝幸せでいてほしい〟と思う気持ちを知らないまま歳だけとって死んでいたんじゃないかって。

同世代の子を好きになっていればきっと楽だった。罪悪感に悩まされることもなければ、今ほど人目を忍ぶ必要もない。〝俺が高校生ならよかった〟とか〝明花が成人していればよかった〟とか思うことはあるけど……でも不思議と、〝明花を好きにならなければよかった〟と思ったことは一度もない。

俺は明花を好きになってよかったんだと思う。

断言できる。恋をすると悩みは尽きないし、肝心の好きな子には告白をかわされたりして、普通に生きているよりも精神を摩耗《まもう》する。それでも——

＝＝＝＝＝＝＝＝＝＝＝＝＝＝＝＝＝＝＝＝＝＝＝＝＝＝

この日の日記を書いていた圭くんは気持ちがハイになっていたのか、文字は殴《なぐ》り書きに近かった。そして最後の最後に力強い筆致で書かれていた言葉は。

〝それでも恋は素晴らしい〟

「……だってさ。よかったな、久住さん」

圭くんの日記の上に顔を伏せ、動けず何も言えなくなってしまった私の頭上に星川さんの声が降り注ぐ。思うより優しかった現実を、星川さんが言葉にしてまとめてくれる。

「圭くんはきみに恋してよかったって」

この後悔は決してなくならない。私が圭くんに自分の口で伝えなかった事実は変わらないし、私がもう圭くんに気持ちを伝えられない事実も、一生変わらない。

それでも救われたような気がした。

「っ……わたっ……私もっ……」

嗚咽《おえつ》と一緒に想いを吐き出す。

彼が死んでしまってからはずっと、後ろめたさと後悔で記憶の裏側に押し込まれて忘れてしまっていた感情。

「私もっ……圭くんを好きになって、よかったっ……」

そう思えてよかった。

エピローグ

「それで、星川《ほしかわ》さんは一体いつ私の失恋を覗《のぞ》いたんですか？」

「えっ」

墓参りからの帰り道。俺は久住《くずみ》さんと並んで座席に座り電車に揺られていた。

不意を突いた久住さんの質問に俺は困ってしまう。彼女はひたすら泣いて真っ赤に腫《は》らした目を隠すことなくこちらに向け、探るように見つめてくる。

「自分から星川さんに触ることはあっても、星川さんに触られることはないように気を付けていたはずなんです。実際触られた瞬間って記憶にないんですけど、いつの間に……」

「あー……いや……」

言葉を濁《にご》すと怪《あや》しくなってしまうとわかっていたが、良い答えが思いつかない。まさか
〝英会話スクールの休憩室で、きみが寝ていたときに愛《いと》しくてうっかり触っちゃったよ☆〟

なんて口が裂けて体を鞭打《むちう》ちにされて業火《ごうか》で焼かれても言えないので、どうしたものか。

「……久住さんからは何度か触られてるし、揉《も》み合った時にたまたま」

「なんですか〝揉み合った〟って！　やらしい！　そんなことしてません！」

「言葉の綾《あや》だっ！　頼むから大声出さないでくれ！」

すっかりいつもの久住さんだった。同じ車両に乗っていた少ない乗客たちからは白い目で見られ「すみません、すみません」と平謝りする。彼女の振る舞いや言動に俺が冷や冷やさせられる恒例のやり取り。やっぱり心臓に悪いし疲れる……まあ、元気になってくれて何よりだけど。

彼女の膝《ひざ》の上には、つい先ほど掘り出した圭《けい》くんの手帳が大事に載せられている。

「でも、ほんとに触れられた記憶がないんですよねぇ……私から星川さんに触れたことって何回かあったと思うんですけど、いつの時ですか？」

「さぁね。忘れたよもう……」

「えー」

圭くんとは面識がないものの、彼の日記には共感するところが多かった。十歳も離れた女の子を好きになってしまった罪悪感や葛藤《かっとう》。自由奔放《ほんぽう》な久住さんへの苛立《いらだ》ちや、コントロールできない自分自身の感情を面倒に思う気持ち。

だからこそ〝日記は最後まで読んでも大丈夫だ〟という確信があった。この感情は憂鬱《ゆううつ》にこそなるけれど、自殺しようと思うほど陰鬱なものでもない。憂鬱になるのと同じくらい、明るい気持ちを呼ぶものだ。

今、隣で不服そうに口を尖《とが》らせている久住さんを見て、俺がちょっと心を和《なご》ませているみたいに。

「なんなんだよ、その口は」

「星川さんがほんとのこと教えてくれないからですよ」

「不細工に見えるからやめとけば？」

「それは普段は私が可愛く見えてるということですね⁉」

「ウルトラポジティブ……」

〝可愛く見えてるよ〟なんて誰が言ってやるものか。

それに、俺はまだこれが恋だとは認めていないのだ。ちょっとばかり深入りしてしまったがために、必要以上に久住さんのことを知ってしまったから興味をそそられただけで。

……きっとそうだ。錯覚であれ！

ただ――〝恋なんてロクでもない〟とずっと思っていたが、それは撤回する。

蟹江《かにえ》さんと小田原《おだわら》や、雅美《まさみ》先生や綾子《あやこ》ちゃん、鮎沢《あゆざわ》さん、そして圭くんと久住さんの事情を知った今なら、わかる。彼の日記に書かれていたことが真実だ。

〝それでも恋は素晴らしい〟


「星川さん、星川さん」

「ん？」

名前を呼んでくるので再び久住さんのほうへ顔を向ける。

ウルトラポジティブな彼女は口を尖らせるのをやめ、無邪気に可愛らしく笑っていた。

「ありがとうございました！」

「…………どういたしまして」


俺は彼女に恋などしない。

……たぶん。

※この作品はフィクションです。実在の人物・団体・事件などにはいっさい関係ありません。

集英社オレンジ文庫をお買い上げいただき、ありがとうございます。
ご意見・ご感想をお待ちしております。

● あて先
〒101-8050　東京都千代田区一ツ橋2-5-10
集英社オレンジ文庫編集部 気付
時本紗羽先生

集英社
オレンジ文庫

告白しましょう星川さん！

2019年4月24日　第1刷発行

著　者　時本紗羽
発行者　北畠輝幸
発行所　株式会社集英社
〒101-8050東京都千代田区一ツ橋2-5-10
電話【編集部】03-3230-6352
【読者係】03-3230-6080
【販売部】03-3230-6393（書店専用）
印刷所　図書印刷株式会社

※定価はカバーに表示してあります

ISBN 978-4-08-680248-2 C0193